本色·爱

董小潭 著

中国民族文化出版社
北 京

图书在版编目（CIP）数据

本色·爱 / 董小潭著. — 北京：中国民族文化出版社有限公司，2021.7

（海陵红粟文学丛书）

ISBN 978-7-5122-1485-9

Ⅰ.①本… Ⅱ.①董… Ⅲ.①诗集-中国-当代②散文集-中国-当代③随笔-作品集-中国-当代 Ⅳ.①I217.2

中国版本图书馆CIP数据核字（2021）第136842号

本色·爱

作　　者：	董小潭
责任编辑：	司马国辉
责任校对：	李文学
出 版 者：	中国民族文化出版社　地址：北京东城区和平里北街14号
	邮编：100013　联系电话：010-84250639　64211754（传真）
印　　装：	三河市金元印装有限公司
开　　本：	710mm×1000mm　1/16
印　　张：	14
字　　数：	200千
版　　次：	2021年8月第1版第1次印刷
标准书号：	ISBN 978-7-5122-1485-9
定　　价：	49.80元

版权所有　侵权必究

海陵红粟文学丛书编辑委员会

主　任：刘　燕　王健军

顾　问：子　川　刘仁前　庞余亮

主　编：薛　梅

副主编：徐同华　王玉蓉

编　辑：毛一帆　孙　磊

前　言

红粟作为海陵的人文符号，流传已逾千年。

海陵人文荟萃，"儒风之盛，凤冠淮南"，历史上一直是文化昌盛之地，有着深厚的传统文化底蕴，素有"汉唐古郡、淮海名区"之称。香粳炊熟泰州红，随着岁月的流逝，海陵地域和空间面貌发生了沧桑之变，却遮掩不住海陵文化的神韵飞扬，这为文学创作提供了丰富的精神滋养和灵感源泉。平原鹰飞过，街民走过，花丛也作姹紫嫣红开遍，从这里走出的小说家、散文家、诗人、评论家，无不用自己的笔讴歌家乡的美丽，书写人生的梦想，彰显海陵与时俱进、开拓向前的文化力量。海陵之仓，储积靡穷的不只是红粟，海陵人还以文学的方式，记录多姿多彩的形态与品性，标记一代又一代海陵人的辛勤探索与不断创新。因为执着，故而海陵历经沧桑而风采依然。

文学的生命力或许就在于这样繁衍不绝、生生不息地传承与开拓。2015年海陵区文联成立十周年之际，海陵区曾集萃本土十二位作家，推出一辑十二卷的海陵文学丛书。著名作家、江苏省作家协会原主席范小青为之作序，她指出这套书"不仅是一个'区'的文学，更是地级市泰州乃至江苏省文学的一个缩影。为此，我们有更多的期待"。如今五年已过，而这份期待还在，海陵文学也在这份期待中奔腾不息地流淌和前进，大潮犹涌，后浪已来，那份律动依旧，我们也能从中感受到文字的力量和写作的意义。"海陵红粟文学丛书"的推出就是对此的检验，一辑十册，分别是：

《碧清的河》　　　　沙　黑

《青藜》　　　　　　刘渝庆

《日涉居笔记》　　　李晓东

《草木底色》　　　　王太生

《雪窗煨芋》　　　　陈爱兰

《本色·爱》　　　　　董小潭

《船歌》　　　　　　于俊萍

《泰州先生》　　　　徐同华

《纸面留鸿》　　　　李敬白

《长住美与深情里》　姜伟婧

　　如同一粒又一粒的红粟，唯有汇集，才有流衍的可能。十本书中有朝花夕拾的拾趣，人间至味的煨炖，深秋韵味的老巷，青藜说菁的今古，寻本土丹青翰墨真味，或半雅半俗生活，或山高水长追思。生活总是爱的表达，愿在这桃红花黄的故乡，因为文字，截留住生命里的美与深情。

　　我们处在一个伟大的时代，既然"生逢其时"，必然"躬逢其盛"。文化特别是文学的繁荣，渊源于悠久的历史，植根于今天的实践。历史赋予我们这一代人的一项任务，就是要充分挖掘海陵文化的丰富宝藏，古为今用，推陈出新，更好地为社会经济发展服务。我们将常态化推出文学系列丛书，以继续流衍的姿态，不断丰富、延伸、充实海陵古城当下的文化内涵。

海陵红粟文学丛书编委会
2020年6月于海陵

生活是本色的
爱是本色的
生活是爱的表达
我的表达也是本色的

目 录

第一辑 乡愁城事

庙堂 /002

风物秘语 /004

黄甜物事 /007

忙年 /010

年,流动而充沛的年 /012

世良与忠义 /014

根父 /019

麻金奎 /021

剃头儿留香 /024

焕子 /027

梦境中,我成了一颗麦粒 /030

兰花饮 /032

本草园子与膳食美学 /034

瓜中的月亮 /035

菊花的盛宴 /038

精灵的世界 /040

人间花事 /043

梦境，在顾家巷的拐角处 /046

有凤来仪这小城 /047

摆渡，在水做的国上 /050

第二辑　拈花一笑

一碗粥的福慧 /054

太阳的亮，月亮的光 /056

燃烧的火石 /059

一切想象都可能落地 /062

黑白键 /064

致张爱玲 /067

史记玩家郁建中 /068

关于生活中的结构美学 /070

腐草为萤 /073

关于一个群的独白 /074

第三辑　遥也可及

骑上骆驼，到达瓦昆沙漠散个步 /078

的确，一个乡村在摇滚 /080

行者 /082

高速公路偶见 /083

空间之美 /086

秩序之美 /088
味道之美 /091
到一个叫"家"的地方去旅行 /093

第四辑　让鸡毛飞

变脸 /098
暗恋者车厢 /101
告密者 /103
觅食记 /105
第三只眼 /107
饺面西施 /109
广场舞 /112
头儿莫二 /114
现场 /116
假如我有一根魔法棒 /118
神秘来信 /120
绿色铁皮柜 /122
惊天秘密 /124
我在思考，请别发笑 /126
真假金老叹 /129
红旗中学的传说 /132
费斯汀格法则 /135
像一羽鸿毛 /138
大王叫我来巡山 /141
许我一个平台 /144

围剿"老赖"/147

令人啼笑皆非的环境投诉/149

谁是厨王/152

一双绿胶鞋/155

柳暗花明/158

第五辑　耳边生风

鹿鹿跑团/162

第一辑　乡愁城事

> 就是那么一点点琐碎的事，万千乡愁却都在里头了。

庙堂

家乡于我，虽然隔得很远，但在心理上离得越来越近了。

每年初二，我们举家必定要回趟老家的庄子。小儿也说："过年不回趟小婆婆家，心里好像空荡荡的。"听了这话，我有些忍俊不禁，但心甚慰也。

其实小儿是在城里出生，生活和学习都是一直浸润在城市的物理空间当中的。他这么小的年纪，话中好像也带了点淡淡乡愁似的。这么说，看似矫情，其实，我晓得他是依恋属于那里的游戏：放爆竹，烧野火，到庄头的田里去踏青，小弟兄姐妹挤在老灶台后头抢着给红通通的灶膛添加柴火……

他的小小乡愁也是有着物事的依托的。每每看到他们欢乐的身影，都让我们兄弟姐妹在闲聊中穿越回去，复述孩童少年时的种种美好与糗事。其中，最令人心驰的莫过于庙堂了。

庙堂，地处庄子中央，那里由一个高出地面许多的戏台和一个大空地组成。村部、小卖部和一个会念经做佛事的老人使整个庙堂充满了神秘感。关于庄子的许多故事、传说和趣闻逸事都从那里发射、传播出去。用现在的语言体系来表述，那里可谓是庄子的政治、经济和文化中心。

乡亲们议事、祭祀、吵闹、分红，都在那里完成。一年的光景好坏，一个庄子的人的酸甜苦辣，张家的媳妇怎么俊俏，李家的怎么风骚，王家的相公怎么会挣钱，赵家的怎么那么败家，庙堂就像是一个敞着口的高音喇叭，口口传诵的美德与唾液横飞的流言，即便是再隐蔽的事体，都会被整得满庄风云四起。乡言土语，像一颗颗看得见和看不见的子弹，使乡亲们对庙堂既厌恶又敬畏，既依赖又推却。那个一只眼睛有些上了翳的念经老人，平时总是坐在村部的大门口，那门是对着戏台中央的，他总是一言不发盘腿坐着，一双泛着油光的手上下飞舞做着篾器，阳光从西头斜斜地照过来，使他身上不自觉地溢出了禅意。对在庙堂上嬉戏的孩童，他总是慈眉善目，说话的声音与乡亲的偾张是截然不同的,总是那么柔和,就像他做法事时的诵经声。每每庄上人家有人亡故,总见他穿一件灰色长袍,眼皮耷拉,口中念念有词,主家有他在场,仿佛就定了心似的,操办事体无不一一熨帖。这两个场景片段清晰地定格到了庄上人的记忆里。头顶三尺有神灵,乡亲的精明与算计、纯朴与厚道,都被包容进这个庙堂里,成为乡情乡愁的一部分。故乡的前世今生实质上是由我们的长辈、我们、我们的晚辈口口相传的。

我于庙堂还有着别样的情愫,因为我家祖辈就住在庙堂对面的一条巷子里,有着做轧面和烧饼的手艺。我的祖父名讳叶世良,做得一手好烧饼,是一个面相刻板却又心慈的老人。祖母宋忠义是庄上有名的美人,面目清丽,头上的发髻总是温婉地窝在脑后,她的轧面也是庄上一道风景。关于我的祖父母,我在系列乡村纪事中有专门的回忆。在这里说到他们,是想标注一下关于"我"的来历,也就是我来自庄上的一个手艺人家,女娃子,不起眼。打小不是琢磨祖父母的手怎么会如此巧妙,就是在庙堂上疯玩。庙堂对于我辈,是天堂一样的所在。那是钻在看戏的人堆里躲猫猫、看露天电影的地方。

庙堂附近,百十步就是渡口。卤汀河是那样的宽,河之外的世界是什么样子的呢?有这条大河这么宽阔吗?我常常坐在河边的渡口,看乡人搭乘渡船,走上对岸的田埂,那三里地之外就是集镇港口了,那港口之外又是哪里呢?

我不知道,我只想要走出去,看那远方。

风物秘语

风物是什么？对于这个问题，理解不同，答案也当然不同。

余以为，风物，是在风中传达的秘语，属于一方水土的物语，属于一方人的物语。老物件不会说话，但传达的何止千言万语，许是因为风物与人有着千丝万缕的联系，风物就是人与物在天地之间的逻辑关系，它巧妙地联结，任凭与它发生关联的人与人、人与物之间产生联系，却从不会主动道破其间的关系。老的风俗也不会说话，但它会撩拨我们心房里最柔软的部位，让我们暂时停顿下来，做哪怕是片刻的心驰神往，那一点情思应是可以唤作乡愁的。古老的礼仪，在冥冥中让人心生敬畏。它往往会与一个人相生相伴，庇佑抑或是诅咒，谁也无法料定古老礼仪在其间发挥了多大的作用，不知不觉中它指引着人们的行为。

风物，不属于特定的、具象的人，它属于特定的季节、时空、人群，属于一个地区、一个民族、一个国家。它以水荡、山脉、河流，甚至一个不起眼的界牌来划定。它由这个特定区域的所有语言、礼仪与风俗组成，由英雄叙事、传闻秘史、小道消息组成，由宗庙、祠堂、家规组成，由一张餐桌的座位排序组成。

经过时间的洗礼，它发出纯白的亚光，安安静静地待在某处，时间让它发酵、沉淀、剥离，它因本色而更加本色，它因纯粹而更加纯粹。任何复制与抄袭，都无法影响它的固化的存在。即便切割以后，它仍能自动愈合复原。它是上古留给后人的财富，任何人都无法掠夺、侵吞，它的命运是人类的命运，它的欢笑与悲哀也为人类共同拥有。

企图从它身上剥离的，最终会覆盖到它身上。

企图让它残缺的，最终会让它经久不衰。

企图让它雍容的，它会更加报之以极简的朴素。

企图让它朴素的,它却更加光芒四射。

人啊,终究是真实而贪婪的动物,一切虚妄虽然与他们无缘,但他们仍无法鄙视图腾,无法鄙视风物,无法鄙视流传下来的看不见的东西。比相信他们的眼睛,他们的耳朵,以及一切他们触手可及的温度来得更强烈的,是他们对风物的新认知。这个巨大的、蕴藏丰厚的宝库,谁拥有了它,谁就拥有了未来。

风物不语,它们仅仅是安静地待着,期待能听懂它秘语的人,能听懂它们在特定的环境里吟诵史诗的人,能听懂它们在人们的传唱里复活的人。它是口口相传的民间秘史,长篇英雄史诗《格萨尔王》作为民族集体记忆,在草原深处传唱。《江格尔》是卫拉特蒙古人在迁徙过程中的叙事。《玛纳斯》在新疆柯尔克孜族中传唱。它们原本是隐藏在民间的英雄叙事,经由传唱人之口,将涉及一个民族的英雄与风物口口传唱下来。

农村的老物件有一个专属名词,叫"乡愁"。墙角的扁担,破旧的椅子,印有双喜的瓷坛,书有兰草的大缸,某一种食物的制法……比比皆是。属于城里的老情怀,是红灯牌收音机,某一种地方戏剧,共同的方言俚语,某一片老街巷、老工厂、老澡堂子……这些风物也有一个鲜明的特征,就是公共性。城里的风物是一个更大空间里发生的人与事的总称,它不像农村的风物,带有私密性和情感的排他性,它会具体到特定的人群,人们在同一空间里产生共同的情愫。

故而,我们讲乡愁与情怀,是特指我们的先祖曾经活了不知道多少辈子的农村和城市的某个角落,在我们记忆深处复活的也是与之关联度更大的风物。虽然不言不语,终究,它们还是等到了。

关于风物的传承人,有形的,无形的;具象的,抽象的;水上的,岸上的。当一些风物飘逝得离我们越来越远,其价值就会离我们越来越近。无论是其美学价值,还是其商业价值。这两种价值其实并不相悖,当人们对美好生活的向往达到一定程度时,其商业价值就会爆发出来。

最为耳熟能详的莫过于老行当了,当涉及人们生产生活的老的业态,以当下唯美形态,以手作方式或科技手段呈现出来,寻找与实现、感知与体验之间便有了桥梁。关于这些,也是一种别样的传唱。

  世间万物有轮回之说,风物的定型与再生其实也有轮回。如前所述的三大史诗,在传唱人的吟诵里复活,让我们惊叹于风物的伟大与精妙。西安是文物之都,西安的美在大唐不夜城里复活,你能想象的关于大唐的一切风物都在那里复活,它提供的是可观赏性。故宫是文博王国,上下五千年的历史浓缩进了口红、胶带、丝巾等一切百姓的用度里,关于风物的体验,以一种轻巧、俏皮的手法走出了皇宫深殿,提供的是时尚的实用性。我在想,兴化纵横万里的水荡,使施耐庵产生了水泊梁山的恢宏构想,一百零八将何时能从《水浒传》里跳将出来,让更多的人沉浸其中,变成我们身边行走的艺术,为这座梦里水乡源源不断地贡献新的流量?

  届时,是否能够应验那句话,风物本是看不见的风景,是一种比风情更有深度与耐力的东西。

  我们都痴迷于老东西。

黄甜物事

世上有许多记忆，而且记忆也是有颜色的。属于孩童的记忆多数是明快的、温暖的。属于青春的记忆有点忽明忽暗，咸菜绿的明暗变化大体能涵盖那种情感的变化。属于中年的记忆，颜色不一而足，因为每个人的人生经历都是不一样的。而属于老年的色彩记忆，又都逐一还原，该是什么颜色，就是什么颜色。

焦屑，我自认为是属于黄甜记忆的。作为一种极其普通的乡村事物，是所有有过乡村经历的人的情感纽带。想起那碗热乎乎、香喷喷的美食，心里就暖暖的、甜甜的。那个叫乡愁的名词，会随着这碗不起眼的食物，从某个沉睡的角落隐隐浮出，带着某种情绪径直冲击着我们的良心。因为这么一个词语的突然跳出，使我们从周而复始的惯性生活中，突出了迟钝与麻木的重围，变得兴奋又感恩起来。

焦屑，是20世纪90年代之前，乡村里头作为果腹充饥或孩子解馋的一种非常普通的食物。制作过程也很简单，黄灿灿的麦子在河里淘干净，晾得半干不干，放进铁锅里文火炒熟。灶上是挥着铲子的母亲，灶台后面是在把火的小伙或丫头。人蹲在灶台后面，听到锅里有哔剥哔剥声，不由得满口生津。老是从灶台后面探出头来，性急地问着炒麦子的母亲："快点望望煞，呃曾好啦？"母亲会笑吟吟地用铲子铲上几粒，这边嘴馋的连忙撮几粒扔嘴里，直烫得龇牙咧嘴。红红的火映着红扑扑的脸，咯咯的笑声会把幸福连同炊烟渲染在整个乡村的上空。炒熟的麦粒送到磨坊里碾碎了，黄黄的，盛在钵子里。一个粗糙的大海碗，几勺黄灿灿的焦屑，一两勺老红糖，开水一冲，稍作搅拌，蹲在院落的树荫下，喝一口薄薄的焦屑茶点，仿佛置身于清晨的麦田，清风徐来，麦香充盈。

尘世的幸福，简单莫过于此。

属于焦屑的幸福经历，远不止于此。

汪曾祺老师曾在《炒米与焦屑》中说："炒米和焦屑和我家乡的贫穷和长期的动乱是有关系的。"麦子在海子的诗歌《麦地》里是这样开宗明义地亮相的："健康的麦地／健康的麦子／养我性命的麦子。"然而，与汪老的贫穷动乱以及海子的生命追问不同，焦屑承载的情感因为时代及其经历的不同，又有了不同的注解。

我16岁以前，随父母住在镇中学的教师宿舍内，整个校园草木葱郁，给一条小河蜿蜒半包围着。这是所完中，来自四面八方的青年学生住在集体宿舍里头。那时候的食堂饭菜种类不算丰富，营养价值也不算高。一碗菜汤里漂几块白肉算是不错的伙食了。到了夜里，下了晚自习，就有学生泡了焦屑充饥，整个宿舍里头边边角角全部给一碗焦屑的麦香填得满满的。第二天，等他下了晚自习，一袋子焦屑全部给饿狼似的一帮家伙席卷一空。那时候的青春期是身体和情感的饥饿期，一方面肚子空空，另一方面又情感充沛，似乎老是有一头小兽在心里不安分地拱着，心里头是在嗷嗷叫的青春。教室后面的小树林里有不少青春年少的男女，手里拿着书，犹抱琵琶似的装着读书，瞅见了自己心动的人，就偷偷递了条子匆匆而走。有读高中的本地女生偷偷把焦屑当了信物，约了心仪的外乡男生，当面一言不发地郑重馈赠，旋即扭头便跑。这些是若干年之后同学聚会时重新拾起的记忆，回想起来，那些从小树林上空泄漏的月光，是那么的清亮与纯洁。焦屑作为这种特定条件下的别样情书，带着田埂上的麦香，藏着青鸟的信息，竟是满满的青涩又甜蜜的滋味。

近日，我在上海作短期学习，窗外是摩天大楼，喧嚣之声不绝于耳。微信中"焦屑"一词夺目而出，让我顿生隔世之感。特别是因为这个焦黄焦黄的、碎成屑屑儿的吃物，引发对怀旧的互动，又因为互动专门请老家的老人赶制，而后进行派送，觉得新鲜又感动。原来，乡愁也是有人在用心做着的，虽然赶制不曾花费太大的经济成本，但是对乡愁的共同呵护实在是不一般的付出。所以，焦屑在这里竟成了依附乡愁、乡魂与乡恋的代名词。好友特意给我留了一盒,还打招呼说可能不是儿时的味道,见谅云云。其实,舌尖上品出的,与记忆中的是否一致并不重要,因为记忆中的味道是早已"凹造型"了的。

最最关键的,有这么一种物事作为乡愁的承载,再好不过!

忙年

今日小寒，赴京公干，得知京城大雪，不禁窃喜。闻航班取消，遂改乘高铁自常州北上，只为及时拥抱那场大雪。临行，反复思量，嘱同事捎上泰州土特产以慰京客乡愁。

红五星食品一直是放心食用的，包装喜庆的红糖京果，像一把钩子，勾着桃酥麻饼芝麻糖花生糖炒米糖，一股脑儿钻进鼻孔，扑进胸膛。刹那之间，我似乎闻到了属于故乡的年味，属于父亲母亲的热腾腾的香气。

二十世纪八十年代初，我们姐弟仨随父母，一直住在卤汀河北航道上的岛村董潭，十一岁迁至古镇港口。不管搬到哪里，忙年的习俗一直没有改变。最甜美的儿时记忆，仍是在老家。关于这个小村，我写过不少散文诗歌，且乐此不疲。乡村是一个矛盾的综合体，它既温暖又凉薄，既迂腐又开放，既紧密又松散。临近过年，不少隐蔽的信息都会像惊起的夜鸟，扑剌剌飞将出来。因为，在外的人都要归家，"有钱没钱回家过年"，乡村故事都在年间温暖地交汇传播。

过年在乡村是天大的事。"伢儿家巴过年，大人家怕过年。"一年到头，伢儿家巴望着能穿上新衣，吃上好吃的，关键还有，这短暂的年节里，作业什么的也不顶真，倘若老天架势，再下点雪，人来疯似的堆个雪人，打个雪仗，更是件令人无比欢喜的事。我们疯玩嬉闹，少不更事，怎么能体会父母长辈的年关心境？其实说的那个"怕"字，说的是人情世故与礼尚往来的困扰。过年要置办年货、年礼，大人小孩衣帽鞋袜，欠的账要想办法还上，掂量一年下来的人情，要想法子补上。屋内要掸尘，屋外要装扮。大有大忙，小有小忙。

春联和开花钱是乡土喜庆的象征，一年的期待与祝福都浓缩在这几个字里头。父亲是教书先生，过了腊月十五，家里进进出出的，都是来索字写春联的乡邻。他们有的带了大红纸，也有的抱两棵白菜带十来个鸡蛋来，两眼虔诚地看父亲拿着刷子在地上排字，脸盆里是大半盆的墨汁。写好了一幅，众人便围着叫一声"好"，那阵势，那场景，那份炽热，回想起来，都是满满的、热气腾腾的幸福。父亲写正门对联，喜用刷漆的毛刷子，一式儿的隶书、正楷，端正大气，撑得住场子。厢屋或其他地方，随手用毛笔或行书或草书。正屋大都是"春回大地，福满人间"，迎门"开门大吉"；厨房又称灶披间，门口是"五味调和百味香"；屯粮的瓮子，条件好点的人家用大缸，次一点的是用泥巴麦秸秆垒起的烂泥瓮子，又深又大，透气管用，稻米一直尖过顶，大红纸上，一个倒的"福"字，或者"五谷丰登"；鸡棚鸭窝猪圈则是"六畜兴旺"。捧春联走的人无不千恩万谢。

　　的确，腊月二十四灶王老爷上天后，日脚貌似一天比一天短，家家户户忙年就更加紧凑了，磨豆子做豆腐百页，洗豆沙剁肉馅做包子，杀鸡宰鹅做鱼饼鱼圆子，不一而足，香味一阵儿一阵儿从灶台上飘出来，令人馋涎欲滴。那时，整个村庄都是香的，走到哪家门口，都能听到"噼啪噼啪""嗤嗤嗤"或"咕噜咕噜"声，那是庄户人家在用柴火大灶炸花生米或肉圆鱼圆子，或者炖枣子茶豆猪下水。我在姐弟中算是鬼灵的，菜香浓时，约莫着肉快煨熟了，就绕着母亲脚后跟转。母亲会意，锅盖一掀开，满满的烟气，就看不到母亲的脸了。她用小铲子从锅里捞上一块肉骨头让我用手指拈着，边回头张望四周，边大声说："二丫头，快往锅膛里添把柴火。"我就连忙躲到灶后吧唧吧唧地啃肉骨头，直烫得龇牙咧嘴。姐姐或弟弟跑进来，狐疑地看着一本正经烧火的我，嘴巴上的油早已揩得干干净净。

　　除夕之夜，守岁酒之后，剥下旧衣，换上新装，猴似的我们姐弟仨就不由自主地亢奋起来，屋前屋后追着兜圈子打着玩，嘴巴里不住地怪叫"杀死你，打死你"，母亲就嗔怪我们，不许我们说不吉利的话。她把我们赶到床上，被褥又松又软，枕头边是红糖京果，一人一袋。本来还很不情愿的我们立即惊喜莫名，争先恐后"嘎吱嘎吱"嚼起来，直吃得困意上来，香甜入睡。迷迷糊糊地，只听得母亲笑着说："睡吧睡吧，甜甜蜜蜜，明儿早上新鲜头里，开口都是大吉大利的果子话。"

年，流动而充沛的年

之所以在纸上落笔写下这个标题，是因为，年，正在以某种内在的逻辑，驱动着岁月的巨轮，滚滚向前。过了腊月十五，老一辈人通常就不再以阳历几月几号来算日脚，而是以腊月十几、二十几来数日脚。一晃，就进入了倒计时。光阴似箭，流动是它的具象，是显性的存在；充沛是它的肌里，是内敛的表达。

反映"流动"的最大流量词汇当属"春运"，这个专有名词被交通、运输、旅游及一切关联从业者关注，安全与否以及数据变化代表着理性，被运输者是归家心切的游子，外出寻找生存与发展机会的农民工、学生。春天，他们离开家乡，顺流而下；冬天，他们逆向流动，返程而归。我们从候机楼、候车室、地铁站、长途汽车站、汽轮与渡口，可以看到他们的身影。这些旅者，他们背着行囊，拖着行李箱，扛着被褥行头，他们是男人、女人，流淌着家国情怀的中国人。他们疲惫或幸福，他们冲动或渴望，他们近乡情怯或茫然若失，一副副表情无不令人动容。如果有一杯酒让华夏儿女举杯同祝，那就是除夕夜的米酒；如果有一个词来祝福天下苍生，那就是春运，因春天的脚步临近而带来的好运。

今年过年，恰逢四九将尽，万物封箱蕴藏，一股要拔节而出的冲劲，都在脚下温湿的泥土里蓄势待发。年，在这个当口，就絮絮叨叨的，凹凸不平的，吵吵闹闹的。年，就像是个儿时藏满宝物的百宝箱，也像是一本隐去了字形的老族谱，它是父母子女的天伦密语，是兄弟姐妹的谈笑风生，是亲密爱侣的绵绵情话。短暂的几天，说不尽的往事未来，道不尽的人生计划。在外的委屈与不易，由父亲长满老年斑的手掌抚平了；成长的烦恼，奋斗的艰辛，给母亲逐渐佝偻的背扳直了。年间，躬下身子，为他们下一次厨，烟火气里会流淌出密实淳厚的温情；蹲在膝前，为他们洗一次脚，剪一次指甲，抱在怀里温暖的是从彼岸到此岸的流年。爱意没有固定的形态，但爱是及时的表达。所有充沛的情感，都应该在年里尽情释放，宛如夜空里的爆竹烟花，芳华璀璨。

过年说年，说的是黎民百姓的人情家事，说的是天下鸿昌的大运国事，说的是打断了骨头连着筋的家事国事。说白了，是温度，属于个体、属于家庭、属于你我他的社会温度。家是最小国，国是最大家。

所有的流动，于行者旅人，都落脚到一个"家"字上。所有的充沛，于我们芸芸众生，是躲不过又想抵达的终生的乡愁。年，终究是万千灯火的欢聚，那里的光明亮、温暖。不管你在哪里漂泊、奋斗，不管你贫穷还是富裕，这个时候，你要记得，有人在倚门等你回家。

世良与忠义

这两个名字，是我故去多年的祖父与祖母的名讳。望文生义，这对名字是天生和谐且有着默契的，他们俩在庄上可是出了名的老实人。有着这名字的庇佑，他俩的子孙也绵延着他们的禀性，老老实实地做人，干干净净地做事。

世良老头和忠义祖母在庄上子息不算健旺，四子一女，目前仅存三子，分别为我大伯、我父亲和我叔。大伯未曾婚娶，无后。我父亲一脉生二女一子。我叔一子。叶家孙辈四人，再往下，有曾孙辈六人。开枝散叶，长势蓬勃。

我的老家紧挨着庙堂，处于丁字巷道的中间，门口是一块长方形的大青条石，进得门去，是正屋，一字儿排开的四间七架梁瓦屋。这在庄上，是家境殷实的象征。往里走，是一个偌大的天井。四间房，东边的两间，原先是我父母结婚生育了大姐和我的地方，后来叔叔成家了，父亲便另外打了宅基地，搬到了庄东头，这两间屋就成了叔叔一家的了。西边的那两间，一间是祖父母的卧室与杂物间，而最西头的那间，是他们做手艺的地方。原先在我曾祖父手上，天井中间曾经还有一个简易磨坊，一头驴拉着一扇石磨，终究是因为驴子死了，还是生意不行，磨坊终于倒了。到了世良老头手上，和忠义祖母俩人一个做大炉烧饼，另一个做手工轧面，都是跟面食有关，两个人忙忙碌碌，很少说话。

他俩经营的是庄上唯一的轧面店和烧饼店，生计不算太好也不算太差。庄上人要吃水面，都是用盆钵带了面来，由祖父母帮着加工，路上遇到熟悉的乡邻，不说去轧面，而是说："上世良老头那儿去哟。"问询的人便会意，当天这户人家要吃菜面了。买烧饼也是如此。

和面，是个技术活儿，到了我祖母忠义身上，却成了艺术。忠义是个温婉而寡言的人，面目清瘦，一身衣裙总是洗得泛白，加之她的肤色很白，不是雪白，而是那有着光泽的亚光白，好似在她清瘦的手臂下不断被搓揉的面团。于是，她的白就有了过日子的温润感。我记事开始，已经到了二十世纪七十年代的尾声，对祖母的记忆至今也停留在那个阶段。庄上的人尊称忠义为"老板奶奶"，同辈的人也有唤她"世良家的"，她总是微微低着头，嘴角柔和地含着笑意。我经常凝视她干活的背影，她身体前倾，把乡邻带来的面轻轻倒进暗红色的大缸，用手抄进去扒拉几下，这是用手直接测量面与水的比例。而后，她瘦小的身子会探向那口大缸，左手拿着水瓢撑在缸沿上，右手在缸内拌着、搅着，时不时用左手上的水瓢往里面泼点水，那些白面很温顺地听凭她的使唤。等到面揉成了碎料，就用小铁簸箕把它们小心翼翼地舀起来，小扫帚沿着缸沿将碎面末儿上上下下一路扫将下来，一点不剩全部倒进轧面机上方的斗子里，然后，就开始用手摇机把。只有看到那面条从斗下裁成细线一根根下来，祖母才会舒展地露出笑意。面条的长度，也是根据乡邻的要求，由她径直用手捋断。看到她挥洒自如地裁剪面条的长度，一缕缕齐整整地码在庄上人带来的盆钵里，内心觉得祖母着实是个了不起的人。

忠义祖母是庄上出名的美人，我很奇怪的是她人至暮年，却始终保持着维护她美丽的本能。她本身是童养媳，嫁给祖父六十多年一直低眉顺眼，不多言不多语，终年小心翼翼地埋头跟着祖父做事。闲暇时，她最喜欢的莫过于梳头。早年的乡村，没有洗头这样的说法，除了短发妇女到剃头店里剪头时可以舒服地让剃头的把头摁进水里，像我忠义祖母这样窝着发髻的几乎常年都不曾洗过头，但她们的头上很少有难闻的气息，她们的法宝其实就是一把木质篦子和一小瓶桂花头油了。她的头发纵然已经花白，因为常常梳理的缘故，却有着不一般的光亮。生意不忙的时候，一般是黄昏时分，她会坐在天井里的小凳子上，微微侧坐，歪着头，花白的长发一直垂到地上，她就这样一遍又一遍地慢慢用篦子篦头。太阳斜斜地照在她的身上，那些挂在绳子上晾晒的衣裳，天井里放着的筛子、扁子、木桶等物件，还有旁边即将出炉的大炉烧饼的气息，都将她的这幅剪影厚实实地固定下来，成为我们全家人的集体记忆。待到世良老头一声"拿凉扁来",她才会缓缓收起篦子和头油,将双手伸至脑后,灵巧地将长发在手心里一转,而后用一根银簪往头发上一插,窝堕髻儿便服服帖帖地趴在脑后。起身,拿扁子,放到草炉旁,准备接世良老头从大炉里起出来的烧饼。一气呵成,麻利得很。

世良老头这时早把一双手抹了香油,他的双手是黧黑、油亮而苍劲的,因为常年跟面食打交道,一双手在草炉内外进出如游龙,身手之快,如武林中人。草炉系砖头垒成,外形方正,有半人之高,内置倒扣着的无底大铁锅,炉口在上方,炉内熊熊燃烧着木炭,暗红色的炉火将炉膛内壁映得通红。贴烧饼时,世良老头都会用抹了油的手"叭叭"击掌两下,而后左手撑墙,右手掌心粘着撒了芝麻的面片,半身探得进去,飞快地将面片贴在炉膛内壁上,有汗珠滴落在木炭上,顿时"嘶嘶"作响,冒出烟气。同样,烧饼出炉时,世良老头也会"叭叭"击掌两下,一手拿小铲,一手按着烧饼,左右开弓,忽上忽下,此起彼伏。一天百十个烧饼,世良老头就这样低头作揖般,每日用心劳作。旁边,忠义祖母将起炉的烧饼用刷子来回刷上两趟香油,一只烧饼自然而然香气四溢。稍稍闲将下来,世良老头就会衔起烟斗,"吧嗒吧嗒"地吸着旱烟,星星般的火光使得他瘦削的脸上变得红而有生气。他总是凝视着远方,不晓得他心里想的是什么。他的话也不多,平时表情木讷,不苟言笑,满腹心事似乎都从他的那只约一尺长的烟杆子里徐徐吹出。

世良老头的威严与苛刻是与生俱来的,对子女如此,对忠义祖母也不例外。纵然忠义祖母在庄上人眼里是完美的化身,但世良老头待她及儿子们却是莫名其妙的吝啬。他的盘算想必是每一分钱都是他从燃烧着的炉膛里挣来的,他爱钱财甚过所有他应该爱护和坚守的东西。我每每看到他坐在铺边上数着皱巴巴的钱钞就不免觉得他好玩,似乎数一遍心里就踏实几分。忠义祖母对他的怨恨我没听过什么,她说得最多的就是:"老东西,就不曾好好让我自己攥过一块肉。"因为物资匮乏,一年吃不上几回肉,世良老头是怕她多吃一块的意思。这话现在回想起来,却是不一般的深厚与温情。

烧饼草炉于我们来说,是全家人的经济依赖。虽说我父亲和我叔一家已分开单过，但世良老头的这个烧饼炉子和忠义祖母的轧面机对全家来说，却是一个寄托。我读村小的时候，父亲做民办教师，抚育和培养三个孩子经济压力很大。教完书，父亲会扛着锄头到自留地里干活。从村东头到西边的大田里，要经过世良老头的店。世良老头看见父亲也不多言语，父亲见了他也不多言语。分家过，本身就是各自过各自的日子，互不相干。分家之前，父亲原来在庄上村小任教，也兼任过庄上宣传骨干，经常和一帮小伙子大姑娘一起排戏唱戏，他最拿手的是《红灯记》，所以，又得了个雅号"李玉和"。母亲从镇上过来，算是下嫁，性情开朗，庄上不少大姑娘爱待在他们的新房里唠嗑，叽叽喳喳，笑闹个不停。夜里，庙堂中心会回荡起这些青年男女的笑声。世良老头也不打招呼，只是起身，跑到新房前，径直把门推开，板着个脸吼道："几点了，明天不要做活计啊？啊，都家去挺尸去。"众人便噤声，蹑手蹑脚，作鸟兽散。后来，父母有了姐姐与我，叔叔也面临成家，四间房住不了上下三代人，分家成了一道绕不过去的坎儿。世良和忠义两人在分家问题上，有着至终如始的默契。我那时尚处幼年，家是怎么分的，我自不知，只晓得为了几副碗筷，母亲与忠义祖母有了隔阂。所以，父亲扛锄路过老家，祖父与父亲两不言语，如今来看，却是另一番深意在其中了。其实，中国旧时的农村，长辈哺育晚辈的最好方法，不就是将他们无情地赶将出去吗？而今，却是另外一种光景了。

这么个刻板自私的老头，我对他是又敬又惧的。他像是全家的一个天，那样遥不可及。对世良老头的误解几乎跟随了我好多年，直到我们举家离开庄上过了数年才因一件事情而释然。父亲终于因表现出色从村小调至镇上的完中，举家随迁至学校。这样的大事，对幽闭在苏中平原湖中小岛上的农村人来说，是一件天大的喜事，但世良老头听了，也只淡淡一笑，毫无欣喜之情。我十三岁那年，父亲突发疾病，母亲随之到上海求医。世良老头闻讯，和忠义祖母跌跌撞撞疾行几里乡村小路，仍然是不吭一声，把他一生的积蓄都交给了父亲。忠义祖母留下带着我们姐弟仨在镇上的家里艰难度日，这种困苦绝非是物质生活之苦，更多的是对父亲生死未卜的无尽担忧。难以想象家里中梁倒下是何惨况？凄惶之中，过了几日，世良老头又来家里，带了烧饼和馒头，满满一篮子，上面用汗巾布遮着，到了家里，也不多坐，只是简单询问几句上海那边有无电话来，便无他话。以后，频繁来家，均是少语，篮子里的烧饼和馒头却是温热的。这种温度乃至在世良与忠义作古多年后仍然存在，我们子孙后代在他们合葬的土坟前，每次供奉的都是两只大炉烧饼和一支升腾着烟气的香烟。

他们就像两棵合体的老树生死相偎，不论今昔来年，对着他们的儿孙，只是无声地遥遥相望。

根父

本文题名借自刘德华与叶德娴主演的影片《桃姐》，该片荣获 2011 年的金马奖多项大奖，许鞍华导演的手笔。那丝丝入扣的温情，直入人心，回味无穷，让人在笑中落泪，又让人在泪中生出会心的笑意。

这个桃姐像极了我的父亲，父亲名叶根元，乡村中学退休教师，我唤之根父。这里，我想说的是关于根父的几件事情。

根父曾经梦想无限，始囿于校园，因身体原因，只得把他的梦想与激情在课堂上驰骋，老了却又还原真我。根父年轻时就因癌症差点被判了死刑，但是毅力驱使他仍然坚强地活着。当然，年将耄耋的根父现在活得健康而顽强。三十年前，他在去上海龙华肿瘤医院就医前对我们姐弟仨说："你们的母亲目不识丁，你们要好好努力，不要让她操心。"这句话里头有话别的成分，个中分量不言而喻。如今想起这句话，仍然令我泪流满面。

根父民办教师出身，执教四十多年，教的多是副课，虽没有语数外等主课教师的风光，但睿智与豁达使他赢得了学生的尊敬。时光倒回四十年前，应该是这样的一个场景，课堂上渴求知识的脑袋，青春稚气的脸，仰着，笑声不断，他的课堂成为初中学生的特别体验。也许就是因为根父教的不是主课，少了几许的功利，才使得他多了作为基层教育工作者的思考，而非仅仅是从课本到课本的灌输。这个角色形成了他的特殊定位：观察与思考，关注与引导。就学生而言，十四五岁本是梦想与现实交汇的年龄，飘浮不定的心以及对精神指引的需求使乡村中学的校园充斥着既有希望又有绝望的躁动不安的气息。尤其是极少数的调皮捣蛋鬼，他们徘徊在校园，看似无所事事，或是打架斗殴，或是谈一场所谓恋爱的恋爱，二十世纪七八十年代，这样的学生通常被视为不学好的学生，有的则直接被冠之以"滥"。受到歧视的学生就越发地张扬，变本加厉地表现其"恶劣"行径。唯有根父对其有别样的情愫。他经常有事没事跟这些男生半开玩笑，拍一下肩膀或拧一下耳朵骂他们：

"死没出息的家伙，不好好学，将来回家像你娘老子一样做一辈子的泥瓮子，挑粪鬻泥，累得像条死狗。"对有些淘气的女生，就说："洋机（缝纫机）有得你笃（踩）。"他常在家里说，这些孩子精力过剩，脑筋好，只不过没心思学习，制造事端只不过是想吸引老师的眼球，提醒老师他们是些被放错了地方的宝贝，等到有一天肯定会擦得亮光光的，不似他们父母一般的活法。

果不其然，过了二三十年，这些被擦亮了、发达了的家伙到根父这里，仍然是抓耳挠腮，不安分得很。每每这时，根父就很欣慰，吸着烟，咂着茶，得意地揭他们的老底。根父的名人名言是：有老底就有根基，人怕就怕没根基，有根基的人不会忘本。

根父对学生如此，对子女也采用同样的教育理念。我们姐弟仁人无不将他的"鬻泥理论"和"洋机定律"牢记在心，丝毫不敢懈怠。根父在家里是绝对权威，做出的每一个决定让母亲和我们无不惶恐。因为是民办教师出身，根父是把他的教学当作事业来做的，使得这项工作在我们眼里有了崇高而令人生畏的色彩。他的教案字字正楷，大而工整，备课时全家都不发出声音。但是，根父对子女的疼爱，是在他正式从教师岗位光荣退休之后，很彻底很纯粹地变成了父亲、外公和爷爷开始的。

根父的还原最终体现在他对子女熨帖的关爱上。三年前，小儿才上小学一年级，那时我还在一个偏远的乡镇任职，弟弟远在天津工作，侄女上二年级，为了解决两个孙辈接送的问题，根父挺身而出，不顾年迈体衰，承担了接送的任务。可怜的根父不会骑车，只得在小学附近"谋"了个值班门卫的差事，不为钱，只为孙子孙女入学方便，为了给我和弟弟一个宽松的环境，好尽心做事创业。尽管我人近中年，回到根父跟前仍是一个小小女儿。每次回家，父亲固守的位置必定是在厨房，忙碌而经心，一桌的饭菜，红是红，绿是绿，汤必浓稠，碗碟是精心选配的，为的是与菜色搭配。父亲不作声，背影在那厨房是佝偻着的，照应着滋滋冒着热气的那个锅台。母亲在桌前卖弄她种的蔬菜："啧，啧，瞧，这个水灵劲儿，真正的十八岁。"我们一家人对饭菜滋味的形容，都有爱夸张的毛病。

根父在厨房听了，只是无声地笑。

麻金奎

麻金奎在我们老家的记忆中，是一个移动的闹钟。

他是一个瞎子，一个面色灰白，终年穿着一件脏得看不清布眼的长袍，且拄着拐杖的老人，这个形象打我记事起，就一下子扑进我的记忆，牢牢地烙进我的童年。我对他是又畏惧又想靠近的，对我来说，这个老人差不多是一个恐怖而神秘的代名词。

我的老家是苏中平原里下河地区的一个湖中小岛，岛上有着一条枝枝杈杈的河，进庄或出庄都靠摆渡。庄上的人日出而作，日落而息，勤劳安逸，与世无争。属于这个村庄的欢乐与忧伤，都在这个湖心岛屿上循环反复。庄上人除了劳作，便是读书。许是受了周姓、杨姓和吴姓这三大家读书人的浸染，庄上人都擅用绰号来概括乡邻的特征。

麻金奎，本姓周，因其面白无须，且有麻点坑坑洼洼散布其间，人们欺他无目又无后，"麻金奎"三字怎么叫起来的，不得而知，叫得久了，通庄老少似忘了其本姓，只剩得"麻金奎"三字，他应得顺畅，庄人便叫得麻溜。

一个名字，成了一个浓缩的集体记忆。

我经常远远地看着他，心中充满怜悯与恐惧。我曾尝试着死死地闭上眼睛，当光明从我眼皮下消失的时候，我张开双臂，像麻金奎那样跌跌撞撞地摸索前行，想象着一团漆黑下，他是怎么把一日三餐送到嘴边的，万一火从锅膛里掉下来怎么办？我又想着，到了晚上，他的茅草屋里要不要也要像寻常人家一样点上油灯？这些问题终日困扰着我，我想偷偷地去看，但他所住的那个漆黑的茅草屋却让我每次都望而却步。这种思想的纠缠与斗争使我的童年变得心事重重。

有一次，我终于鼓起勇气问母亲，母亲疑惑地望着我说："你这孩子，担什么心，麻爹自己会煮饭烧菜的。"见我仍然百思不得其解，她笑着说："眼睛不好的人,心里往往都是敞亮的。"

对这句话我似懂非懂,现在回想起来,这个老人就像一个智者,他的存在,对我来说,其实是上天送来的一把钥匙,开启了我对庄外世界的思考。

我们的童年是由一群年纪相仿的少男少女,每天乐此不疲地玩着不同花样的土游戏所构成的。那时,没有电灯,更没有手游。不管我们在哪里疯,似乎总有一个声音尾随着我们。白天,我们跳绳,拿"满子"(小石子或碎布做的,五个一组),做着这样简单而平淡的游戏时,那个声音似有似无、若隐若现。只要我们跟着黑皮少年们掏鸟窝,粘知了,到河边拉螺蛳、蛤子,甚至用鱼叉叉鱼,或者我们有时结伴趁着月色跑到庄边的田地里偷西瓜香瓜或者挖山芋萝卜等一切能入口的东西,哪怕我们的行动再隐蔽,在我们快要得手时,就会被一个声音硬生生地掐断而中止。

那就是麻金奎的笃笃的拐杖声。一次,几个少年在巷子里跷脚"斗鸡",看到一头水牛在墙角休憩,一少年心生好奇,突然蜷身凑到水牛腹部,水牛受惊,正待用牛角将少年挑起,只听得一声低吼,原来麻金奎探身过来,拐杖先行,用力将水牛死死抵住……少年得救,麻金奎名声大噪,他手中那柄拐杖无疑成了宝物神器。再后来,即便玩得再欢,一听到他拐杖的笃笃的声音由远而近,再慢慢看着他的黑袍由一个轮廓变成泰山压顶般的身影,大家便心里乐着齐喊"麻金奎来了,麻金奎来了",手捂耳朵屁滚尿流作鸟兽散,耳边掠过他拐杖抡起发出的"呜呜"风声。他立在那里,两耳支起,听到我们拍着巴掌笑着走远了,把拐杖拄在地上,愣愣出神。远远地看过去,一个小巷的尽头,太阳或者月光把他和他的拐杖拉成长长的影子,是说不出的孤独。

他对我们这些孩子的爱,是令人厌烦而又特别的。

正如,一千个人眼中就有着一千个哈姆雷特,庄上的人对他有着不同的情感。他的拐杖击地的声响,闹钟般提示着人们一天当中的节奏。乡村的晨与昏走得不紧不慢,每一个时点似乎都是由麻金奎的拐杖牵引着的。人们在不知不觉中把对他的依赖浸入了生活,变成了一种习惯。

早晨的第一遍鸡啼还没起来，小巷里就传来他的木头拐杖敲击地面的声响，"笃笃笃"，"笃笃笃"，虚虚实实，实实虚虚，那是麻金奎起身出恭了，茅厕在两屋之间的夹巷，一口粪坑，天晓得他是怎么摸索着走到坑边，却从来没有掉落下去的。乡邻们嘴里骂着"老不死的"，却手脚利索地起床，开始一天的劳作，那些爱读书的少年便书声琅琅起来。

二十世纪八十年代的乡村，乡亲们刚刚告别"大锅饭"，一个个因为联产承包带来的憧憬而喜悦着亢奋着。一到晚上，庙堂的小卖部里就挤满了捧着粗大海碗的人，人们一边谈论着自家的庄稼收成，一边不住地盘算着乡邻嘴里的花花世界与他们的实际距离。角落里，麻金奎总是枯坐着，脸上微露笑意，有老辈的望见他，也笑骂一声："麻金奎，你个老不死的，也笑，你是望得见还是能享得上那福？"

麻金奎就抱着拐杖笑："你们高兴，我听了就心里欢喜。"

饭后，人们打着饱嗝凑在小卖部的昏暗灯光下，抽着旱烟，继续高谈阔论。麻金奎老僧入定般坐着，始终面带笑意。我猫在祖父身后，不敢看他，但他脸上的笑意却意味深长，让我一次又一次探出脑袋看着这个瞎眼老人，不晓得他的内心是怎样一个光亮的世界。

冬夜漫长，尤其是初雪之后，湖心岛上的村庄逐渐归于沉寂，但他的拐杖的笃笃声，犹如打更声，一声一声，绕庄而行，人们就这样在这种声音的持续下悄然进入梦乡。

十一岁那年，我们举家随父迁入集镇。自此，与乡村的人与物事渐行渐远，麻金奎生于何年，卒于何年，不得而知。直到今天，我在他作古三十多年之后，回忆起来，仍然内心戚戚，不知是悲是喜。

剃头儿留香

如果把剃头儿留香的一生拍成电影，我敢说，与陈逸飞的《理发师》相比，更传奇，更具冲突性，更平民化，且因这些传奇、冲突与平民化而更具有生命力。在他身上，有太多令人玩味的东西，执拗刻板却风情万种，专制残忍却又和善慈悲，固然回忆可能存在着一些腐朽甚至糟粕的东西，但这个具有双重人格的人犹如全庄人的一剂迷魂药，吸引着庄上的男女老少。人们对他褒贬不一，日常话题总少不了他。

其实，一座两千人不到的庄子，并不算大。那些年，日子过得紧巴，但庄上乡邻却从来不在头上省。男人头，女人脚，再省也不能省头面。庄上从事理发的不止一家，庙堂上的传宝和四喜儿两家不知因何缘故，生意总是有一搭没一搭的。我现在想来，不兴旺的原因，一个就是那两家剃头匠年老且邋遢，还有，到他们的店又要爬上一个高榻子的台阶。而处于庙堂之后的剃头儿留香的小店，生意好得出奇。可能脱离了庙堂看不见的约束，这小店是乡村逸事飞短流长的集散地和庄上人享受与猎奇的好去处。另外，从剃头匠的名字似乎可以略知一二，"到留香那块去歇下子"成了人们的口头禅。围坐一圈的中老年乡邻，拱手坐着，边看着一把刀在剃头儿的手指上飞舞，有一搭没一搭嗯嗯啊啊地应和着故事的阐述者，时不时帮留香拧个毛巾，递个把子什么的。也有敞怀奶着孩子的少妇肆无忌惮地用热辣的目光朝着剃头儿，但他却始终一本正经地忙着他手里的营生。乡邻心里暗骂着少妇们的放荡，而对剃头儿的不动声色则愈加敬佩。

剃头儿总是一袭对襟白衫，他的头正所谓是他小店的招牌，三七开，用发蜡抹得锃亮，面色白皙，长相好似当红影星梁家辉，食指与无名指夹着剃刀的修长的手从那白衫衣袖中探出来，按到那些个或圆或扁或尖的脑袋上，温热的掌心在上面把玩一圈，坐在木头转椅上的人便晓得，留香是在用手指测量他的头型了，于是乎便着了魔一般渐渐进入昏睡状态。随着那薄薄刀片在头顶上上下下飞舞，只见他忽儿用剪发刀"嚓嚓"几声，用嘴巴吹着热气，忽儿把刀片向左扬起，在门框旁的黑得发亮的皮条子上上下下翻刮，黑色的发屑在"嗤嗤嗤"声中纷纷洒落，老式煤炉上水挑子发出"咕咚咕咚"声，时间好似凝固了一般。理好了发，头便给摁进滚热的水里，用皂角反复洗上两遍，看得那铜盆里的水由深变浅了，一条热毛巾"啪"的一下给焐到面上，焐上三两分钟，这叫"净面"。剃头儿这时恰到好处地把椅子摇下来放低，让那剃头的就势舒服地躺倒，而后，采耳、清鼻、修眉毛、搓面揉肩，最后，是剃头儿在那人肩膀上"啪啪"两下，那坐在圈椅里的男人顿时好似重新活过来一般。

关于留香的另一面，人们讳避莫深。细究起来，似乎关系到一个男人是否有用。留香的手艺已经上升到了艺术的高度，但他在那方面却似有欠缺，一溜边儿生了五个丫头，而且二丫头还是个呆子。留香每天从店里疲惫地回家，一家人便惶惶地避让不已。他一人端坐在院里喝酒，桌上是他的妻子早就备好的两小碟下酒菜，一碟花生米，一碟卤猪耳朵。喝得兴奋起来，便叫喝饱了稀饭的五丫头出来，赏她一片猪脆骨儿，且要当着他的面吃完。五丫头有一次愤恨地对我说："才一片，才一片，总有一天……"独自享用完，有时他会就着酒劲儿拉起二胡，放开喉咙来上一段淮剧《王老虎抢亲》，庄上的人一听到那二胡开拉吱吱呀呀的呜咽声，就晓得这一夜妻女们被他"讨债鬼，磨人精"的一串儿怒骂折腾得别想睡觉了。

他的不如意除了一大家七口的嘴要靠他的一双手管掉，还要背负着对一个痴呆闺女归宿的精神负担。他担心他百年之后这个呆子的命运。村庄之所以成为一个人的精神故乡，正是基于这样的朴实包容，毫不造作。村庄像是一块巨大的海绵，把乡邻的喜怒哀乐一股脑儿地吸收了进去。吸纳或者过滤，均由本心。

留香家在村小南头，一墙之隔，我与他家五丫头是村小同学，那时也才八九岁，放学后经常跑到她家去玩。我们在院子里踢毽子、拿满子，嬉笑声之后就会听到屋内板凳"啪啪"作响。五丫头就把脑袋凑到门缝里呵斥"别吵",那里面的声音就戛然而止。如此,不断反复。看到我欲言又止的表情,五丫头就很不自在。后来,我才慢慢知道,那屋里锁着的是她的呆子姐姐。我对这个呆子姐姐始终怀着好奇与畏惧,想靠近她,却又不敢。有一次,五丫头给她送饭,我才仔细看清楚了她的模样。她的身段很高挑,五官也端正,眉眼清秀,皮肤苍白得像是透明的。她的头上戴着红布绸子。见我进来,她便努力移动她的双脚,挪了几步就被困住了,原来她被一根麻绳子拴在房里的床楞子上,她在房间活动的幅度就是这根麻绳的长度。我的汗毛全部竖了起来,便小声问五丫头,她四处张望,讪讪地说:"是花痴。"声音是急促又逃避的。我再三追问,她只是急切地摆手:"莫问,莫问,爸爸晓得要打的。"呆子姐姐看到我去就露出讨好的神情,仿佛跟我是老熟人似的。一次,我怂恿五丫头把她放出来与我们一起玩,绳子一解开,她立马破门而出一路痴笑着逃跑了,转眼不见人影。留香得知,搁下手上的活儿,一脸乌青夺门而出,她妈老母鸡带雏般率领四个丫头哀号着那个呆子的名字,直到惊动全庄的人旮旯角落找到下半夜,才把她从庄头渡口的草垛里找回。从此以后,锁在她身上的变成了一道铁链子,五丫头也招了一顿毒打。呆子姐姐后来逐渐骨瘦如柴,身上长了不少疮,大小便时不时地也屙在身上,房里通年散发出难闻的气味。终于有一年冬天,她还是死了,病死的。留香只是说:"这样子好,干干净净。"

如释重负。

这个心病去了以后,留香的手艺在庄上虽然还是顶呱呱的,但终究敌不过滚滚红尘白驹过隙。理发的技术也是长江后浪推着前浪,他的顶上功夫再厉害,也扛不过小镇上香喷喷的、放着流行歌曲的发廊。小店的生意随着时间推移清淡下来,他站在昏黄的小店里,一身白衫,由一帮白须老人陪着,他仍旧一丝不苟地理发、净面、采耳,话语比从前更少。他的女儿们逐渐成人成家,有的嫁得远远的,逃离一般。有两个仍在身边,犹如困兽。

焕子

前些日子，老家来人说老焕子每天拄着拐杖出入镇政府要说法，不禁十分吃惊。

乡村故里，是由老人、老景和旧事构叠起来的。前几篇短文当中，我忆起居住在庙堂之上的我的祖父祖母、瞎老爹麻金奎、剃头儿大叔留香，他们虽已故世，但他们或平淡或曲折的一生，却像藏在窖子里的老酒，一拔开记忆的软木塞，乡愁就四处溢出。在他们中间，乡愁有时是芬芳的，浓烈的；有时却是苦涩和麻木的，一杯下去，满不是滋味。比如焕子伯。

因少小离家，庄上的老人当中，给我印象深刻的人也不算多。庄户上的后辈子孙有时水陆并用地跑到城里，大多是有困难要我帮衬协助，来者有叫我"姑"的，也有叫我"侄女"的，提及某某（多数是他们父辈和祖父辈的大名），我往往茫然。跑去问老母亲，老人家似打开记忆地图，乡邻之间、亲朋之间的情感脉络便清清楚楚地展现出来。说到老焕子，母亲犹疑半晌，还是叹息一声："他这一辈子啊，就是作，好日子都给他作掉了。"

一个"作"字，带着哀其不幸，怒其不争的懊丧。老家有俗语：作死作死，一作就死。许是焕子的命硬，近八十岁的人，非但没有死，相反上访的劲头十足，以致走到哪里，一根枴杖，唾液横飞，谁要劝慰便作势扬起枴杖打人，人人避之不及。问及上访事由，乡邻无不鄙夷："没得哪个欠他的，都是他自个儿自作自受。"这里面还有一些话，不便行文，总体意思只有一个——"他就是个作的命"。

我与焕子伯的熟悉，不仅仅是因为家挨得近，其一女一子与我们姐弟仨一条巷子玩耍长大，故比其他的老人要多一份亲近和熟悉。焕子伯在我的记忆当中，是一个梳着大背头，穿着挺括西装，踌躇满志的有钱人。二十世纪八十年代初期的乡村，尤其是像我老家，苏中平原，里下河水网中的一座孤岛，与外界的连接几乎是中断的，甚至带有与世隔绝的意味，岛上的人早已习惯了望天收。焕子伯因是部队退伍回来的，外面自有些门路，他在庄上原先做着小队的会计，结了婚，生了俩娃，就开始不安生。过一阵子，就跑出去一趟，也不知捣鼓什么。他的妻子，是一个常年面黄肌瘦，有些病怏怏的女人，成天没什么笑脸，但是也没怎么见她与四邻吵过，只是低眉顺眼地过日子。姑娘长相窕顺，性情也较活泼。那个儿子长得白净秀气，一点不像庄户人家。总之，如同庄上大多数人家一般，他们一家过得平静而踏实，举家都是向上走的趋势，走到哪里，庄户人都要高看一眼的。

当党的十一届三中全会宣布改革的大幕拉开，里下河的乡村却仍旧酣睡着，人们日出而作，日落而息。焕子伯的神秘出行，谁也没有发现。但是庄上的人要外出，须得从我家门前经过。我打小起，就爱探究一些常被人们熟视无睹的事物。比如说，庄上人的脚步声。庄户人家平常都穿婆娘纳的布鞋，走路的声音或轻或重，皆是因为他们体重的差异，走在实心土疙瘩的地上是极其安定平实的。而焕子伯不同，他脚上穿的通常是一双解放鞋。许是因为他是退伍战士，那双洗得发白的解放鞋，原先的军绿色早已随着回乡的时长逐渐洗得褪色，他平常也不大穿，省得很。一旦外出，这双鞋便会伴随他，所以鞋子不失时机地泄露了他的秘密。刚开始他外出时，脚步轻若一只猫，唯恐惊动了四邻。但是这双解放鞋踩在地上，与大地咬合的声音，异于其他乡邻的黑面白帮的布鞋，这种奇异声响仿佛也带着跳跃性与不确定性。随着他外出频率的加快，他的脚步声一天天地底气很足地重了起来，叭嗒叭嗒地，很快响彻了庙堂。

突然有一天，庄上的高音喇叭极其振奋地传递了一个惊人的消息："七队的焕子请大家看电视，请广大村民晚上到庙堂集中。"

当晚，一台十四英寸的彩电赫然立在庙堂的西头，庙堂上坐满了人，人们的头黑压压地往前伸着，两眼闪烁着稀奇的目光。彩电在二十世纪八十年代初的乡村绝对是个稀罕物件。一辈子窝在庄上的人，别说彩电，连黑白电视都没瞅过，农村的文化盛事无非是难得下乡的电影放映队和过年才有的戏班子，焕子伯的彩电一下子打开了庄户人家的想象力，他的形象瞬间达到了人生的顶峰,"还是焕子有办法"。

庙堂的神奇在于其传播的真实与可靠,很快,人们便得知,七队的焕子在外面倒腾钢材,发了财。很快,他家低矮的土坯屋砌成了三上三下的楼。很快,焕子伯的解放鞋换成了一脚蹬的皮鞋,原来的分头,也朝后披,上了发蜡,油光光地成了大背头。他很阔气地请乡邻看电视,而且从自己家里拖了几百米长的电线,电也是用的自个儿家里的,人们叹息,有钱就是不一样。他那对与我同龄的儿女衣着也逐渐光鲜起来。从此,焕子伯成了庄上的能人,庙堂上响当当的数一数二的男人。他那精明头脑,各种在外面的路子,赚回来的钞票,给庄户人家结结实实地上了堂改革开放的启蒙课。庄户人的纯朴与盲从,也助长了他的私欲与虚荣心。从什么时候开始的,已不重要,他迷恋上了牌桌,毫无节制。

时间真是个可怕的怪物,辗转多年,焕子伯峰回路转,"作"成了个上访老户,衣着邋遢,眼神狂躁偏执,说话神神道道,"三十年河东,三十年河西"之说在他身上应验得让我始料不及。一个在庙堂顶天立地的男人,弹指一挥间成为挂着拐杖的上访老户,让我唏嘘不已。他的姑娘玉花嫁到了城里,男人虽然略有残疾,但是为人敦厚,手艺也精,生活尚好。焕子伯常常到姑娘家好吃好喝一顿,抹胡子走人。他的妻子,已成老妇,据说得了癌症。每次玉花从城里回来,总是大包小包带来,抹着眼泪回去。那个长相如同女孩的儿子,先是随姑娘进城安了家,没技术又没文化,姑娘女婿一合计,出钱给他盘了辆车让他开出租。后来,儿子也手爪子发痒,染上了赌博,夫妇争吵不断,某一天开车外出再也没有回来,至今死活不知,女人跑了,留下个瘦弱得豆芽菜一般的小姑娘。焕子伯夫妇自己的嘴都顾不上,没奈何,姑娘只好又兜底接盘。前一阵子,看到已到中年的他家姑娘眉宇间浓浓倦色,身边的小女孩神情寥落,心中不由得长长叹了口气。

焕子伯的一生跌宕起伏,这中间的变故,让我不敢用理性思维来看待和考量,如果那样抽丝剥茧,总觉是莫名的残忍。他的人生好似被掐去了中间的一段,只有开始和结局,开始得轰轰烈烈,谢幕得满眼荒凉。

梦境中，我成了一颗麦粒

这段日子，如同新孕妇人一般，想念着一种食物——焦屑。大麦或小麦文火炒熟，研成末状，佐以红糖，开水调制成糊状，喝进肚里，仿佛盛了一整个麦田。

一畦可食用的花圃，是城里人对乡村的奢望。对曾生活在农村的人来说，这种奢望又有着非凡的特殊意义。花圃是对居住质量的考量，而可食用的花圃，无疑是形而上的美学实用主义的体现。因为，这其中有着对生活的审美价值，也隐藏着骨子里头的农民爱惜土地的秘密。

离开土地久了，就会对土地产生精神的依恋。离开城市到农村小住一段时间，解决了精神上的慰藉需求，恐怕又会怀念城里的便捷与时尚生活。就像钱锺书提到的围城。一畦食造对人的影响有多大？我不得而知。但有一点我知道，我经常从梦里醒来，闭上眼睛，那个梦境仍旧告诉我，在梦里，我回到了乡村。

我走在乡间的一个拐角处，身体的内侧是一堵厚厚的墙。墙壁很厚。我扶着墙，喘息而行。我向上仰望，墙很高，在我身后，这堵墙已经有很长的一段，走到这个拐角处，再向前张望，仍是长长的一段。没有门，抑或我找不到那扇门。我倚墙而立，踟蹰不已，侧身向外张望，啊，是一块麦田，一望无垠，波浪般在阳光下发出金光。麦子一粒一粒，亭亭玉立，却又智慧无边。

我迈出脚，踩在松软的泥土上，吹一吹属于田野的风。这个季节，空气里有麦田的清香，还有麦粒在风里摇曳着它饱满而谦卑的身体，那是它成熟前与风的告别，带着土地给它的营养、嘱托。在麦田里，我已幻化为一颗麦粒，在蛙鸣里，在带有芒刺的野风里，在无遮无挡的裸露的阳光下，与其他的麦粒一起，随着风，轻轻地起伏、起伏。然后，就像海里的一朵浪花。我的身心全是麦子的形态、特质。我的呼吸与它们的呼吸如此相近。我欢喜地发现，它们接纳了我作为一颗麦粒的存在。我已与它们共同在一片土壤里生根、发芽，我在我的成长周期里，飘洒出去，在外面漂泊了好久好久，而后我回来时，虽然乡邻们已经老去，他们仍以整齐的队列欢迎我，用我们听不懂的麦子的语言欢迎我回到它们中间，我听到它们热切地说："回到我们共同的土壤里来吧，看，你儿时离乡起，你的位置一直还在这里。"我热泪滚烫，倏地跳进麦田，扑进他们的队列里，在那片土地里，熨帖地珍藏着我童年的踪迹。我以一粒麦子的形态，与它们一起欢快生长，在麦田里吟唱属于田园、属于乡愁、属于童年的诗歌篇章。

兰花饮

入梅，竟然馋起酒来。那日入口滋味，实属刻骨铭心。

勾魂的是一盅酒，兰花饮。兰圃主人大约姓阮，圃是大棚，取名"阮玉阁"，隐在一片银杏林中。本是应约去转转的，并没有什么期待。与好友在兰圃中品茗闲聊，松弛一下神经，以打发难得的休闲时光。几个兰圃转下来，顿生无限雅意，可谓香草美人。又想，在这林荫之中，如果是雨天，应该是另外一番光景与情趣。试想，窝在这里，听雨、赏兰、品茗，什么都不用想，甚至连话都懒得去说，只是一味听雨声淅沥，兰语淡淡，林声滔滔，风卷云涌，纯粹地做一个闲散兰人、风雅之士。阮老板话锋一转："再来一盅兰花酒，岂不妙哉！"我顿时眼睛一亮，多闻有青梅酒、桃花醉、杏花酿、桂花醇，这兰花饮却是闻所未闻，当下好奇。

主人从壶中倒出一盅来，汤色微黄，嗅了儿嗅，似有兰香，隐约可辨。再抿一细口，润唇较烈，再呷一口，入喉，唇齿之间，竟有兰意。不知是这兰花饮让我心生醉意，还是这兰圃令人痴迷。再看那盛酒的容器（恕不直言，唯恐破坏这美感），简陋得不能再简陋，若干的兰花浸泡其中，像是兰花的集体祭祀。

关于兰的诗句为数众多，诗人写兰，或从形，或从气质，或尊节操，尤爱"扈江离与辟芷兮，纫秋兰以为佩"，这是屈子画风。李渔品兰，则从香气说开，围绕"如入芝兰之室，久而不闻其香"者，是"以其知入而不知出也"，用"有兰之室"作进，"无兰之室"作退，两厢比较，"时退时进，进多退少，则刻刻有香，虽坐无兰之室，若依情女之魂"，通篇一个"辨"字，强调了品兰之法。

总之，这晨间的一盅花酒，让我一个上午都似有醺意。此刻落笔，齿间生津，兰气袭人。足见饮兰酒之醉意，不经意间着了李渔之道，抿少饮多，口有兰香，意大于实也。

主人与我们一干人因了这一小盅酒结下友谊，相约得空，到兰圃附近弄几个家常小菜，对酌赏兰。且说，兰圃忌烟火，小菜忌高档，忌荤腥，忌粗俗。谈笑间，又对小菜作了定义，自家种的，兰圃边上。乡野时蔬，有黄瓜青菜、豆角茄子，精神抖擞地长在兰圃周边，染了兰气，是无价更无市。

这个酒席，至今未能成行，精神的满足大于实践时的五官体验。就像中国画里，对四君子的技法处理，无不以留白为趣。那日，谈到巴秋的圃草、白菜、茄子，或繁或简，生活美学无不一一溢出，画里画外，竟是虚实莫辨。

这梅雨季一来，更是上瘾般想起那盅兰花饮来。

本草园子与膳食美学

号称"淮左第一园"的乔园三峰草堂有一楹联，上联"韩潮苏海"，下联"陶菊周莲"，将韩愈、苏东坡、陶渊明、周敦颐四位文学大家的气节分别以一个字予以概括。屈原《离骚》有"朝饮木兰之坠露兮，夕餐秋菊之落英"之句。

不一而足。大家有大家的活法，天下苍生有其平民的追求。要想活得有趣有滋味，人人都有一套自有的主张。我在小院里崇尚实用主义美学，兼顾园子之趣与烹食之乐。园子一点点如春燕衔泥而筑，目之所及，绿意从容，或明示，或暗寓。

园外以屏花之富蔷薇与"瘦客"月季间种，条梗蔓延交错，深红、浅红、明黄、月白，肆意狂野，竞相闹春。

以九株金橘为主，柿子、苹果各一棵，果树不能免俗，与众寻常人家一般，寄语平安吉祥、处处好运。东南角辟一鱼池，上垒假山怪石，天竹掩映其后，枝叶婆娑，石缝之中有兰临水而栖，鱼游叶动。迎门黄杨一株，以其"每岁长一寸，不溢分毫，至闰年反缩一寸，是天限之木也"，因其知进退又名"知命树"，乃树中君子，迎门而植，时时提醒，可养性。枯枝牡丹名曰"抓破美人脸"，花期一到，大若海碗，妍丽无边，其余芳菲不敌国色，可惜花期甚短，且怕雨，如若雨淋，缤纷四散，犹如迟暮美人，让人无故伤怀。其余边边角角，石阶之间，均种可食用药草。

写到这里，鼻翼似闻未闻，有药香四溢。春食香椿、马兰，夏用香菜、紫苏、薄荷、茉莉，秋辅菊花，冬煮梅花，此为药食内容。再说制法，或焯之凉拌，或作凉面浇头、荤汤伴侣，或作绿茶黑茶之引。三说心境，每每采摘食用，心里竟有小雀飞过，欣欣喜喜，虽非岐黄，但胜百草，聊以安慰，于是，寻寻觅觅，但凡有一新芽初出，则满眼满心期待。

怎一个欢喜了得。

瓜中的月亮

开荒种地？没错，从今年春上种植到眼下满桌葱绿嫣红，短短数月，正应了"种瓜得瓜，种豆得豆"。当我在微信圈把菜地瓜果一亮相，至今再无任何信息可以刷新阅读点赞纪录。

红的番茄，绿的辣椒，紫的扁豆……生机勃勃，惊艳无数。

还不谈那带钉儿的黄瓜，长着细微茸毛的笋瓜，从藤架上径直挂下的丝瓜……每每采摘，总是惊喜不断。更有一种羞涩地藏在硕大叶片和白花下，臂弯皎白，分明是瓜中的月亮，本地人唤其"乌子"，后求证芳名，曰"瓠"，真是实至名归。

我们一家居住在城郊，前几年相中这个小区，虽是二手房，环境没得说，出入也方便，价格却俏得很。咬咬牙狠心盘下，心甘情愿做起房奴，一来图的是满院落从容不迫的阳光，二来离城偏远了些，正好可以安安静静地做一些自己想做的事，比如读书，比如写作。记得那天看房正是春寒料峭，却又阳光正好。

一番忙碌之后，老的，小的，归于按部就班。许是血液里天生是农民的后代，看不得地的清闲，如今看邻人的院落闲在那里，杂草丛生，荒芜得可惜，就寻思着把这畦地怎么用起来。辗转联系上邻人，得知一家在城里做事，暂不装修入住，厚颜提出农耕想法，邻人慷慨应允。大喜，为这畦地的即将新生，也为自己新的生活模式大呼万岁！

地，是生地，板结扎实，上面泛白，像没开窍。里面不少碎砖石子，一锹下去，只听得咯嘣，犹如吃饭时不小心嚼到石粒，硌得牙疼。指导我种地的是我的大伯，他是标准的田把式，一板一眼，就认死理。

"平口锹不好使，不吃力，得用尖嘴钵，或者圆口锹。"说着，他佝偻着背，用粗糙的有着厚茧子的手掌抡起钵，对着地，稳稳地筑下去，再用力往身体内侧一扳,地果然听话地松动开来,再一下,泥土像是小儿的笑口,在他的钵头下发出欢快而舒畅的笑声。

"我来,我来,你看着我弄就好。"我孩子一般向大伯恳求,那执拗劲儿,只得让这老田把式把钵交给我。

"左手在下,右手在上,抓稳了,钵口着地,就这样,不要用死力气,这样虎口容易长泡。"老田把式唠叨。

我笨拙地按着他教的招式,忙乎开来。长着杂草的地很快一块块在眼前歪歪扭扭地松动开来。"这地太瘦了,等晒几天,用钵头把泥块敲碎,上点肥,这样子种下去的菜才够到力。"

巴掌大的一畦地,经过老田把式几番教导,我抡锹锄地的模样还像那么回事,此间,不停地催促大伯,他始终淡定:"别急,离耨苗还早着呢。"

耐着性子,就这样把地理了几个来回,下脚料差不多都翻了出来,又结结实实地晒了几个太阳,泥土终于露出了它本来的面目,黑中带着些许的土黄,抓一把在手里,虚松,攥紧了,会成团,一松开,它们就欢快地扑向大地,挥挥洒洒。泥土的气息,就这样没来由地,冲击我的鼻腔,我的味蕾,我的神经。那一刻,我的眼眶不知不觉地有什么东西流出来,滴进土地里,咸湿咸湿的。

地是公平而包容的,她就用这种方式吸收我做了她的皈依者。

耨苗,锄草,施肥,灌溉,治虫。

每一次蹲在地里干着农活儿,不禁心存敬畏,想起小的时候那些躬身向田头讨生活的父辈和乡邻。说实话,农村的苦只有农村的人才晓得,几亩地的收成,要管掉全家张着的嘴,上学的费用,给儿女置办瓦房,婚丧嫁娶,他们的手指和脚板没有一个不是皲裂着粗大的口子的,他们的脸没有一个不是有着糙糙的印记的,他们的后背更是没有一个到了晚年不是驼着的。我的大伯就是他们中间的一员,标标准准的田把式,除了种地,啥都不会。地之所以变成田,变成沉甸甸的收成,正是由于他们那一双干着农活的手不停地在地里劳作。

城里的农耕生活，终究与祖辈的农村是不同的。带着喜悦之心，在城里临时耕种借来的土地，无疑是一种精神奢侈。田间劳作与屋内写作，内心均平静无波，而且，两者之间还有着微妙的平衡。劳作可以健身怡情，为写作再打开一扇广袤的天地。写作之余，看这畦在我手里复苏的土地，一茬茬渐次上来的绿蔬瓜果，烹饪举箸之余，除了放心，与平时菜场超市采购回来的相比，更多了无上荣耀。

赐予我们美好生活的，正是我们的双手。

菊花的盛宴

前两日走进千垛，一个炽烈的场景颠覆了我对菊花的理解。原来，菊有如此浓烈而饱满的情感。在暑意犹存的初秋，美得好不热闹与自在。或许，就因为这场邂逅来得突然吧。

千垛，春天里我是去了一趟的，回来后好长一段时间仍是满眼的金黄，水乡的水，一垛一垛的垛田，菜花倒影在水中，与天、水融为一体，竟分不清到底是田间的还是水里的菜花哪一片更黄，哪一片更养眼。如今这初秋，听说是菊花满地，那该又是一幅什么样的景象呢？周末，好久不曾谋面的春树老师和建勇、广忠、梁斌等几位同学来泰，花海当中畅叙师生情谊，一定是别有一番情调的。

元稹在《菊花》中说道："秋丛绕舍似陶家，遍绕篱边日渐斜。不是花中偏爱菊，此花开尽更无花。"转念一想，这九月刚打头，天还热着，菊花会盛开吗？仔细托兴化好友天胜打听了一下，真的是欣喜若狂。师生一行如约而至，当橙红、大红、金黄、淡紫等色彩不容分辨一下子闯进眼帘，瞬间颠覆认知。这千垛竟成了初秋的调色板，而且是梵高的调色板。闪烁着熊熊的火焰，满怀炽热的激情，仿佛旋转不停的笔触，色彩的对比单纯强烈，那样恣意地、粗厚有力地冲击你的视觉与心灵。这本是形容梵高的至爱——向日葵的。但是，当这琉华菊、金鸡菊、金盏菊成片成堆，成垛成海，被乡下的小河隔开，一块一块地浸染在初秋的田原之上，它们已不是单纯意义上的植物，而是带有原始冲动和热情的生命体。我想，假如面对这一地缤纷，梵高又会生出怎样的狂热与冲动？这世间又要出现多少旋转不停的画面？

走在千垛的田间，发现这秋有着明亮而纯净的美感，舒适而熨帖。天空的蓝，高而清晰，像是定格在上方，俯瞰这大地的丰厚色调。倘若驻足，细细凝神，便会发现那高远的云其实是隐约流动的；信步踩在脚下的泥土也是熨帖的，松松软软的，一脚踩下去，乍一看是虚的，土壤似乎也会在脚下跳舞，立住了脚却是墩实实的。走着走着，被色彩迷惑着，任田野的风吹着。不少外地游客在穿行的船上、在跳跃的田埂上纵情地欢呼，方言，不怎么听得懂，但那神形分明是说这饱览秋色也是快意而单纯的，分不清到底是人在云端走，还是醉眼迷离花海游了。

　　这初秋的菊花，如梵高的油画浓烈地绽放。如果换成我国的写意画，若要好看，那必定是要等到深秋的，离开喧闹，归于沉寂。可见，欣赏也需要配合季节的。这视觉的盛宴之后，再来嗅一嗅属于菊花的香气——淡淡的药香。的确，无他，若有若无，影影绰绰。原来这成片的菊在人们饱览之后，会回归它的本道——入药。细细回顾了一番，在我的阅读经历中，涉及菊的香气的，微乎其微。韩国作家金河仁的《菊花香》，曾经引得我落了无数的泪。这个凄美的爱情故事，对菊的香是一带而过的，但就是那浅浅的一袭菊香，成就了一段爱情，也唯美地定格了一个经典。

　　我对菊是有着偏爱的。在我家的小院里，菊只一种，两丛。一丛在甬道旁，一丛在墙角边。不是开得轰轰烈烈的那种，也非开得清雅宜人的那种。从外头移植回家时，矮矮的、小小的、不起眼的两小簇野菊，插下去没几日，一场雨就将其浸透，从此安心生长，一个劲儿地往外铺，一个劲儿地往上蹿，每天进门出门，看到它们蓊蓊郁郁便满心欢喜。正应了晋朝王叔之在《兰菊铭》所说的："兰既春敷，菊又秋荣。芳熏百草，色艳群英。孰是芳质，在幽愈馨。"夏日消暑，摘了菊花的芽头，先是香了手，再或清水煮汤，或滚水焯之凉拌，也有早上起来烙了菊花饼的，每一次入口，都是满嘴生香，惊了味蕾。

　　原来，这菊的每一场盛宴，都是用来款待好友与亲人的。哪天你若能来，开与不开，自有芳香在！

精灵的世界

有一种闲适自在，不是呼朋引伴，而是一种对内心的自我尊重。它是属于哲学的、理性的，是时空突然交错中馈赠给人间的珍贵礼物。不经意间，李中水上森林公园，就这么安静地迎来了各方的游客。在穿行中，徜徉处，人们成了自然的精灵，而后，在回归喧嚣之处时，属于旅行的意义竟然在于精神上蓦然回首的那一抹沉静。

一路走下来，体验最深的还是它自有的那种抽象的、不对称的、却又内含平衡的美感。所谓风景，是人生旅途中的心境，以及用心境所领略到、捕捉到的一个个不同的瞬间。

那些来自树与风，树干笔直的安静与风为之萦绕不已的轻吟低唱；那些来自鸟与巢，在林间欢喜地高飞浅翔的各种水鸟与直插云霄端住在杉木枝头的鸟窝；那些来自树本身，脚下腐烂的水杉针叶与料峭早春倔强爆绽而出的新芽；那些来自沿着河岸蜿蜒成行的紫色的二月兰，与棕褐色的河岸，亲密地衬托着杉木的硬度。

那些水上的森林，森林身边的水，缓缓梭行的木筏。纵然，筏上的游客如织，筏与筏擦肩而过时，仅有筏夫的微微颔首示意。水是安静的，杉木是安静的，水鸟是安静的，坐筏的人与撑筏的人亦是安静的，只任时光静静地流淌，和风掠过。

随着风，随着树，随着心的指引，不时又能有不同的惊喜，我的心潮不断起伏着。忽然，儿子大声说，看，那些树根。那睁大的眼睛充满了兴奋与好奇。

人们习惯仰望星空，其实，有时不妨用孩子的视角，在低眉的瞬间，用心凝望，或许就有美的发现。

虽然，这不是伟大的发现，但是，我还是认为，必须用一支秃笔，把它们笨拙地描写下来。

因为,那盘根错节在水里,令人无法忽视的树根,触动我内心深处的情弦。

无论是岸边的行走,还是水中的筏行,这些树根,就裸露在你的眼前,原始的,本能的,就这么明目张胆的,一下子裸露在你的面前,直扑你的视觉神经,让我们在凝望之余,不得不惊叹于大自然的鬼斧神工。如果,我们在这座水上森林里走得深了,容易在内心就其单一的美感发出赞美,但是,待到这些树根的森林一下子扑进你的视野,就会被其迷惑和惊呆。原来,在这水里,在这平行的美的底层,还有更为立体和丰富的世界。

的确,这水里根的世界,包罗了世间万象,是精灵的世界。

且不说那根在仰望,根对树干的仰望,犹如母亲苍老的容颜,只是任凭风雨把岁月的年轮紧紧箍着自己的身体,任她指节粗大,任她结痂成瘤,任她白发如花,对着新生命的成长,始终仰望,仰望无涯。

也不说那根在沉思,对着倒映在水里高大的树,犹如母亲深沉而慈祥地凝视着顽皮的孩童,鱼乱枝影,枝影婆娑纠缠。

也不说那些根密密匝匝一片,互相牵引着,手臂与手臂缠绕交叉,默默相守。

树根,剥离了定义的所在,是精灵的化身,每一处,每一块,每一丛,都是精灵的集合、童话的世界。

这一丛百鸟朝凤,那几根琴瑟和谐。童话的世界,永远赋予人们对真爱无限想象的空间,何况有水,有声,有爱。

这一片在排兵布阵,那一队在披盔戴甲,虽不见刀光剑影,当夜来袭,这水里的森林,分明硝烟弥漫,战争迭起。

狼嗥虎啸,苍鹰腾空,大象长鸣,战马嘶鸣。原以为是情景剧场,不想,这一片片根的世界,也是百兽的世界,在表达着对大自然的另一种膜拜。每一处,每一块,每一丛,无不活色生香,没有哪一个个体的根不在演绎着生命的起源,不代表着情感的倾诉、欲望与征服的表达。

更何况，这是座浮在水面上的森林，当干冰从孩子们的狂欢、游客的盛宴中慢慢褪去轻衣，归程随着车轮滚动，回首之时，在这一处童话的世界，精灵开始上演属于它们的好戏。

人间花事

一大早,我捧着热腾腾的咖啡走到小院里。一丛牡丹已经从晨曦中醒来,前日数过的九个花苞,今天竟有四朵轻启朱唇,娇羞无比。无数雨滴在花苞上、叶片上微微颤动,国色天香呼之欲出,不由得惊呼出来:"呀,太美了。"

邻人正好开门,笑着对我说:"你这么关心花儿呀!昨天早上,下那么大的雨,我看你还撑着伞出来看花了。"

我说:"是啊,看到它们长得好好的,我就开心啊。"

邻人笑笑:"也只有你有这份闲心。"

我笑而不答,也许在她心里,冒雨探花,真是一个傻极了的人。三月里的雨,是春天因为妒恨各类植物而淌下的眼泪啊!连春天都妒恨的事,我若不来,岂不是误了春光?

院落之外,去年网上买的十几棵蔷薇,开春以来竞赛般往四处疯长,如今枝枝蔓蔓,竟然游遍整个铁艺围栏,满眼的葱翠,向上的枝头好似娃娃的手,把整个春天都催着、赶着薅到了这个院落里。月季是寻常百姓生活中的玫瑰,三五十棵,翁翁郁郁,满满地长了一畦。这厢才在枝头顶了拳头大小的一朵,鹅黄上染了淡淡一层酒红,如果花是仙子,雨后的这一株必定是盈盈欲滴醉在春风里的。隔了一两天,哈哈,那厢又有几株噙着春天的眼泪,吐着红的、紫的、黄的花苞赶着闹春来了。

植物与人之间有着某种神秘的联系,你若爱之,它必报之。人世如此,花的世界也是这样。到了眼下这个季节,外面姹紫嫣红,这里头也忙将起来。这不,从上年秋冬季节就结上花苞的茶花,经过一个寒冬,也从原先的坚涩干硬慢慢打开,终于在三月陆续绽放,粉粉的,若有若无的颜色,好似十六七岁带着腮红的稚气少女,娇嫩纯真,连多瞧两眼都嫌多余,唯有任其在春风之中悄然绽放才是美事。她就这样如斯淡淡地开着,与大门外开满正红的那一株茶花树相映成趣，或浓或淡，或轰轰烈烈，或淡若轻风，花期短是短了些，前后二十天的光景，就纷纷落到了地上，连泥土也染上了茶花的香气。然而，等待绽放却用了将近半年的时间。这当中，我每天都去探身问候，多数是晨起露浓时，有时在午后暮霭中，整理枯枝，薅去杂草，有点空闲，再蹲在地上看叶色在光线转移中变幻莫测，叶片是质朴而粗糙的，然而盛开的花朵，从花瓣到花蕊却是另外一种特质。我看它们，叶也好，花也罢，都是菩提世界。

回首再看宅前那一丛牡丹，更是满心欢喜，只要天一放晴，它就会肆无忌惮地怒放。前年开时，不过三朵，每一朵都硕大如碗，色泽如绸，每一瓣都似要将上面的红滴将下来，花蕊竖头竖脑，黄灿灿的，被一重重的花瓣层层叠叠地紧致地托着，王者之气自然迸发出来，不仅前后邻人，还有不少到我家小院来做客的蜜蜂，类似于叫山喜或者八哥之类的小鸟，时常萦绕于此，看看，就这三朵就把探访者的心都挠乱了。想象两三天后，气温稍稍回升，九朵牡丹相继怒放，满院落的国色天香，到那时更要扰得赏花之人叹为观止，难怪它的芳名叫"抓破美人脸"了。

其实，院子里头的花并不多，数得过来，除了那丛牡丹主打了红色，那株茶树，还有一棵茉莉、两棵米兰，均素色占了主色调。其他均为树木与盆景。院外种花，院内反而以绿色草本为多。这么做的初心，其实，是想让路过之人能停下脚步，分享花与四季景致。米兰初开是淡淡的黄，如今已吐出新绿，叶子油光发亮，深深浅浅，层次分明。茉莉是养了十多年的，栽在盆中，根系粗壮，树型奇特，我暗自称之为花怪，蓬蓬的一大把，仿佛在为洁白的绽放做着铺垫。迎春、紫檀、黄杨、海棠这些盆栽与石为伴，长势茁壮泼辣。奇石都是小儿外出旅游的意外收获，每到一处，捡一两个奇怪的玩意儿回来，全家已见之不怪。上次，他从杭州带回了一块山涧边的苔藓，如今在长石条凳下已长成一片缩微版的森林，做成盆景托在掌上，叫人啧啧称奇！金橘树是全家的爱物，大大小小九棵，如今正在新老更替着换芽，秋天的时候满院金黄，早上摘下两三颗金橘，咀嚼着上班，一路清香。

这些花花草草来源广泛，有的是我从花市搜罗来的，有的是从友人家里直接"掳"来的，还有的是涎着脸跟不相识的人索要过来的。爱花的人其实都喜爱分享，每一棵的得来，都是一个又一个人间故事。

正所谓花事即情事也。

梦境，在顾家巷的拐角处

我惊诧于我的梦，它反复萦绕，沉睡之后，复又醒来。

它不远，就在我和你的脚步随时可以走到的地方，就在顾家巷的拐角处。

其实，除了梦境，这里我们根本没有一起来过。

倚在门框上眺望的老人，手推车里牙牙学语的婴儿，在光阴里逐渐安详地衰老与长大。总是莽撞地骑着单车从拐角的另一角蹿出来的少年，像是巷子骤然响起的摇滚，好像在提醒世人：哦，可别忘了，这是城市繁华深处的一条老街巷。

老式的剃头铺子里总有几个闲着没事的人，男人们抽着香烟，女人们聊天没有主题，他们样子散淡，端详却津津有味。

锃亮的刮刀，与苍老的剃头匠的手组合成属于另外一个时代的魔力，发出奇怪香气的剃须沫和落满一地的头发，那是冬天森林里的缤纷落英。

巷子很短，又很长。日子很短，也很漫长。

做买卖的从来都不吆喝，一台茶水炉，一个杂货铺，一根篮子里的娇俏青葱，一头据说可以杀菌的大蒜，买与卖，都成了静物。

浸入生活的动感，被赋予水粉画、照片（未被修图）、电影，还有诗歌的形式。

安静地招揽，就是这条巷子最响亮的招牌。

这条老巷，如果有唯一的声响，那是巷子的拐角处，有初雪从一丛老梅上落下，把我惊醒，复又沉睡。

有凤来仪这小城
——趣说海陵前八景之"凤池笔颖"

大江滔滔,大海涌涌,大潮退去,淮泗其浮。

若干年过去了,在这里,人们对远古的文明更多地只能从残存的历史文物、诗词歌赋里钩沉。然而,历史正如滔滔之水已滚滚而去,留下的是水的印痕、水的遗迹。这些印痕,虽然让我们很难窥其全貌,但从惊涛骇浪拍击后的岸壁,那些圆润的凹陷之处;从水滴石穿后的巢穴,那些斑驳经年的气孔里;从幽暗之中,陈年复陈年的苔藓上,我们慨叹于这城河的平和、宽厚与博大,慨叹于这水城的谦逊、内敛及其释放出来的高贵闲适。诚如凤池是三水交汇之地,三人驻足水边,悠然勾勒出一个"泰"字;三人策马骊行,洒脱还原一个"春"字。春天里的泰州是泰然之泰,夏日里的泰州是通泰之泰,秋光里的泰州是富泰之泰,暖冬里的泰州是祥泰之泰。一个"泰"字,诠释了凤城的灵魂,经由三人以上的人一遍遍用不同的方式书写。正所谓:"三人行,必有我师焉!"师者之说,可揭开这座城有凤来仪的前世。

从高空俯瞰,凤城无疑是展翅腾飞的巨鸟凤凰,她羽翼之下庇佑的,如若是一方静卧江、淮、海三水之上的砚台,泮池则无疑是其中充盈不息的水墨。如今,旧景观文峰塔几经修缮,作为凤城河上显性的一支大毫,以"佛祖喉骨舍利""七层金刚经擎天柱""高僧大德手模"以及"转藏轮"等佛法僧三宝赋予其新的佛宗禅意。延展开来,我们是否可从更宏大、更幽远的维度来重新审视海陵前八景中的"凤池笔颖"呢。

自从吴王刘濞聚一方民力并以神来之笔撕开邗沟,开凿出比千年运河还早上千年的盐运古道,从此盐运细分了税制的历史,盐与红粟把海陵仓也载入史册。这条承载了国运、城运与民运的古道,作为千里运河血脉偾张的毛细血管,它的奔腾不息赋予古邑富庶的经济以及务实奋进的底色,且听那运河古道纤夫雄浑的号子声，渐行渐远又自远而近。笔在这里书写，似乎都难以写尽，且作大写意吧，国画里的，唯其博大深远。

范仲淹在未拜相前，曾任兴化县令，以一支笔实实在在地给后人留下了一道范公堤，后拗不过滕子京一封书信，虽未至洞庭湖，却用一篇《岳阳楼记》概述了他的政治抱负。而今洞庭湖的潮涨潮落，不正是范文正公千古雄文的呐喊呼唤吗？"先天下之忧而忧，后天下之乐而乐"，正是得益于20多年前他在泰州期间"君子不独乐"的思想萌芽，他的隐忍与等待，待到老同事的书信一到，便不假思索，用一支如椽巨笔浓墨重彩地写了一篇治国理政的鸿文！

盐丁王艮，面对烈日炎炎下只着盐衣的煮盐男丁，幻化出他父辈祖辈的辛酸与苍白，他们的世界是海水与海水的沸腾、晶体与晶体的磨砺，他的反思哲辩，他的口腔里、血液里、骨骼里，无不流淌出盐卤的精神。某一日，他弃盐场而去，拜师心学宗师王阳明，口若悬河，四处讲学，把盐变成人的筋骨，用心学唤醒天下苍生对人性尊严的辨识和呼唤，并以一座城市的名字自创出一个学派，赋予这座城引领启蒙思想的哲学表情。

若干年后，倡导"百姓日用即道"的王艮做梦也没想到，他的三传弟子，与莎士比亚齐名的明代戏剧家汤显祖，写下了瑰丽爱情传奇剧《牡丹亭》。很快，一个年轻的治水官员也来到泰州。日后，他写的《桃花扇》，与《牡丹亭》《西厢记》《长生殿》一起位列中国四大古典名剧。这个年轻才俊名叫孔尚任，当他壮怀激越来到这水城泽国，一腔热血治理水患，治理方案却不被朝廷采用，屡递屡挫之际，渔壮园的夜宴笙歌让其醉不成眠，治水不成，以一支笔写就《桃花扇》，让男欢女爱成为悲悼亡国之恨的一件外衣，历史就这样以其特定的内在逻辑坚实地向前迈进。

凤城河望海楼风景区文会堂前有棵柏树，五干相依，粗壮有力，昂扬向上。树旁一石雕，名为五相流芳，讲述的是范仲淹、吕夷简、富弼、晏殊、韩琦的故事。五相齐入齐出泰州，不能不说这一方土地的确是人杰地灵。然而，"逝者如斯夫，不舍昼夜"。凤舞九州之城，留下了先人巨擘的深刻印记。

这些印记，或政治主张，或经济能量，或哲学表情，无不证明"凤池笔颖"的另外一种文化张力。

昨已立秋，一袭台风，更让秋意渐浓。咏秋之人，古今不胜枚举。最后，特别要说一说晏殊。从泰州走出，官拜相国，却是宋词领袖。在其众多耳熟能详、千古风流的宋词中，一首《清平乐·金风细细》，我以为与当下泰州之闲适尤为熨帖。

金风细细。叶叶梧桐坠。绿酒初尝人易醉。一枕小窗浓睡。

紫薇朱槿花残，斜阳却照阑干。双燕欲归时节，银屏昨夜微寒。

此词是不是晏殊大人在泰期间挥笔写就，暂无从考证。有人认为，这词说的是寂寞心境，并不是闲适。而我看来，这阕词的美，却在于它呈现出的圆融平静、安雅舒徐，在于其闲适生活中对于节序更替的一种细致入微的体味与感触。他从容不迫地咀嚼、品尝着暑去秋来那一刻自然界变化给人之身心的牵动之感。这闲愁是淡而细柔，甚至是飘忽幽微、若有若无。他舒徐平缓地宣泄出来，使整个泰州的秋意变得舒适无比却又轻婉动人。是以用来为有凤来仪这小城收尾，寓天下苍生不为生活所累，始有闲情！

摆渡，在水做的国上

——趣说海陵后八景之"长桥烟景"

七百年前，马可·波罗旅行至此，发出意大利人特有的浪漫喟叹："这城不大，但尘世的幸福极多。"在北城河之滨的盐税博物馆里，这个胡子拉碴的高鼻子蓝眼睛的外国人，他目光深邃，嘴角噙着微微笑意，他看到又一直在眺望的是什么呢？是水国上空腾起飞舞的凤凰？是一座座联结水国的各式的桥？是穿行在水国之上的各种各样的舟？是水国的烟气渺渺？是滨水而居的吊角小楼？是小楼窗棂里露出的俏丽面庞？还是这张俏脸让他想起了在威尼斯的某种浪漫邂逅？对于他的浮想联翩，我们似乎无从追忆。但这句流传了七百年的话，随着时光的长河一直迤逦地暗示着水国的人，幸福绵长且闲闲适适地活着。

诚如斯言，这座城不大，她从精致香浓的扬州剥离出来的时候，就像是水国的洛神，带着初子的气息，从远古走来。如果说广陵是诗词歌赋的宠儿，而我们这个水国的洛神，则是被神话和传说滋养大的，她一出生，就带着近两千年幽深浓郁的仙气。而这仙气最为集聚的地方，当属我们脚下这座长相敦实、命格惊人且有着强大神话叙事能力的大桥——赵公桥。

打开老城池地图，从高空俯视，这座桥正处于城池的中轴线尾端。在巨鸟凤凰的庇护下，水中有城，城中有水，小桥流水，烟波悠远。这座沉默的大桥，位于凤尾之上，与南之凤首，遥相呼应，凤首高昂，凤尾灵动。凤颈之处，则有升仙桥，传说为"八仙"之一的徐神翁得道升仙之处。如此仙气茂盛，更使小城安然闲适。凤身及两翼之下，有桥与寺庙甚多。尾翼之下，浩浩荡荡一条大河挑起了整个水国千万苍生命运。江、淮、海三水在这座大桥周边汇聚，助力大运河两岸的文明繁衍，它们水静流深，在此暗道珍重，分道远行，生生不息。

桥北端，小小渔村依河而居，因鱼而市。桥之旁，一座都土地庙，一座中茅山宫（长生庵），方寸之地，梵音绕绕，仙气袅袅。跨河而过的这座大桥，本名赵公桥，又称"凤尾桥"，颜值不高，系古时用砖砌就。此桥经多轮修建，传说故事萦绕演绎，使得此桥甚为不凡。较为动人的是一个与"愚公移山、精卫填海"有异曲同工之妙的传说——"缪五架桥"。话说乾隆年间，此段河中风高浪急，每当人多争渡或狂风暴雨时，经常发生翻船事故，挑水脚夫缪五人小志大，以一己之力挑水攒钱，图修凤尾桥以渡人。缪五不婚不娶，且从青丝满头一直挑到白发如雪，藏钱于永宁枯井直至井满。后被知州赵天爵攫取，组织修桥且命名为"赵公桥"。黎民百姓敢怒而不敢言，自发在桥身建五庙，暗悃缪五其人。一桥五庙由此得来。

传说是极具民间智慧与想象力的。再说桥北首有一水井，目前藏于民宅之下。相传系水母娘娘被观音菩萨囚于其中，井盖封闭，如将耳朵紧贴其上，能听到井中波涛汹涌之声。日军侵入小城时，不信传说，掀开磨盘，以机枪向井中扫射，结果井水溅至数丈之高，日军极为害怕，从此不敢在城中造次，有时还会拜佛烧香。此传说真耶假耶，我们暂不作评价。

桥南西侧则有一地，漂于水上，名为罗浮山，有"神仙洞府"之称，山中曾有供奉葛洪之茅庵。"世人都说神仙好，唯有葛洪忘不了"，说的就是这位。传说，葛洪曾辞官归隐于此，潜研修道升仙之说，以验秦代安期生食九节菖蒲羽化升仙之谜。此说是否为后人景仰所作的时空挪移，尚不得而知，但其著作《抱朴子》之医学与美学作用，仍在造福后人。冯梦龙在其著作《东周列国志》中有过这么一段记载："此人精通韬略，有鬼神不测之机，天地包藏之妙，自著兵法十三篇，世人莫知其能，隐于罗浮山（山在泰州）之东。"说的则是孙武隐于罗浮山成就兵法奇书《孙子兵法》。如此，更给此邑增添了几许神秘色彩。

如此烟波浩渺且有嚼头的妙地，明清以来，就吸引了不少州中文人骚客于此结会修禊，尤以"罗浮七子"为甚。他们以祈福来祓除不祥，求得平安吉祥，却是千真万确的事实，清人赵瑜有诗记载流传。水城泽国始终文思泉涌、水运昌盛、黎民安康，"长桥烟景"日渐闻名，并列入海陵后八景之中。桥与水神妙如此，虚实之间，真令人回味遐思，其中的微妙关系，足以令人揣摩三思。

　　思此，桥景是超越时空的，是"看山是山，看山不是山，看山又是山"之三重境界，而今纳入"罗浮山养生圣地"之规划，实为百姓幸事。从当下来看，它无"凤池笔颖"之神，无"斗坛来鹤"之灵，无"梵宫花雨"之空，无"城楼眺海"之阔，无"古阜斜阳"之幽，无"南濠渔唱"之野，无"泮池桃李"之夭，它有的是从神话传说里走出来的实实在在的烟火气。这个"烟"字，非烟波浩渺之气，乃是尘世烟火之气。我曾于此地供职六年，边边角角走遍，闭着眼睛，也能说出大桥两端那些于深夜和凌晨在集市营生的菜贩、渔夫和脚力，以及他们平和充实的面庞。著名文学评论家费振钟先生曾笑着为我赐名"叶城北"。作为一个曾经的摆渡人，我以《雪里蕻》《搬运工》等几首小诗，来感念那段落入尘埃虽苦尤乐的幸福时光。

第二辑　拈花一笑

能触动心灵的，往往是那些微小的、不起眼的、经常被我们忽略的东西。

一碗粥的福慧
——趣说腊八

进了腊月，年气年味渐浓。"小孩小孩你别馋，过了腊八就是年"，说的是民间忙年的欢喜景象。腊八前夕，泰州光孝寺、南山寺、北山寺、静因寺、城隍庙等寺庙更加忙碌起来。僧人忙，义工们也忙。腊八粥布施成了各寺庙普惠众生的道场，民间的习俗此时还原了宗教的本义。义工们男女老少都有，职业各式各样，均为各寺信众，不少人放弃休息，为一碗粥，为腊八节布施，广结善缘。腊八之晨，手持锅盆的市民排成长龙，等候布施，成为泰州各寺一大盛景！

泰州自古庙宇林立，鼎盛期有百余座，小城祥泰安宁，黎民百姓浸染了佛光灵性，纯朴安闲，素有"处处弥勒佛，家家观世音"之说。

粥有十利，分别为资色、增力、益寿、安乐、辩说、除风、消宿食、辞清、除饥、消渴。

我在街道工作期间，年年要喝北山寺的腊八粥。前年到景区工作后，又喝上了南山寺的腊八粥。寺庙不同，粥味相同。去年捧上粥，就曾许愿一定要到寺庙做一回义工，才不枉这瓢人间至味。

初七当晚，我与景管公司几个同事相约，去看腊八粥熬制现场。闲步行至南山寺，入得厨房，但见热气腾腾，几个年轻时尚的小伙子，在师父指导下，挥着大铲在锅里搅拌。年纪稍长的妇女在往炉膛里添柴火。四口大锅正在熬制，一锅粥要熬制五十分钟。地上数十个保温桶，一字儿排开，已装满了粥。十多个大筐内，仍有不少备好的食材，有百合、莲子、芸豆、薏米、红枣、桂圆、赤豆、红薯、芋头、胡萝卜、枸杞、葡萄干等十八种之多。里间有不少义工在洗切淘米，流水作业。进了食堂，又有一拨人在封装，数千碗粥，摞在桌上，蔚为大观，令人惊叹不已！我们一起上前，帮助封装。看来，今晚又要忙上一宿了。可义工们累不言苦，满面安详。

闻讯出来迎接的监院果愿师笑逐颜开。他年纪虽轻，却弘法有道，协力住持大初师，把南山寺治理得满寺书香。我跟果愿师开玩笑：新年第一天，到寺里来，果然如愿。果愿笑而合十，与我等讲腊八由来。

据佛经记载，释迦牟尼为寻求人生真谛与生死解脱，毅然舍弃王位，出家修道，曾到苦行林修习苦行。经过六年苦修，经常是日食一麻一米，乃至七日食麻米，以致"身形消瘦，有若枯木"。意欲放弃苦行，另辟蹊径时，得一牧羊女以乳糜粥供养，才恢复体力，在菩提树下金刚座上端坐思维，终于在十二月初八夜睹明星而开悟证道，成就正等正觉。

而《礼记·月令》《史记正义》《文献通考》等中华典籍记载，"腊八"二字始于我国，"腊"扣神农归藏历的腊月，"八"扣"伏羲先天八卦"所对应的四时八节。后来佛教传入我国，声称中国阴阳合历独有的腊月八日为释迦牟尼成道日，腊八初义被湮没，但施粥供佛、普度众生的习俗流传开来。

如此看来，一碗粥的福慧，何其简单！

太阳的亮，月亮的光

两本好书，缘于旅行所获。

一本是法国作家扬·穆瓦等所著的《旅行箱》，另一本是捷克作家米兰·昆德拉（代表作《生命中不能承受之轻》，唯一在世入选七星文库作家）和土耳其作家奥尔罕·帕慕克（诺贝尔文学奖获得者，代表作《我的名字叫红》）等所著的《月亮的光是借来的》。

两本书的问世，得益于机缘巧合，不得不说它们是真正意义上的创意产品。其一，关于旅行箱，是你隐私的一部分，它负责关闭。

旅行箱，是一切旅行的荷载，伴随着旅程的新鲜与传奇，即使旅程可能已经结束，但那只箱子安静地立在房间某隅，像一只眼睛，把你那段或远或近的过往悄然记录，纵然它仅是一只不会说话的箱子，但它永远三缄其口，忠诚于你伴随旅行的一切隐私。

拥有一只路易·威登箱包，是每个崇尚奢侈品的消费者的梦想，它之所以让人疯狂，推动者正是第三代传人加斯顿-路易·威登，正是他，让营销创意引领了设计理念，把他的箱子推向了全世界。

诸君可能已经猜到了，营销的极致理念其实是讲故事。加斯顿不会讲故事，如果让他本人讲，听众只能是他的商业帝国的员工、从中获取利润的经销商、稳定的客户群。加斯顿的天才创意在于，他从亲手创建的规模庞大的档案室里，把那些简报、轶闻与那些最为奇特的客户建立了关系。

请注意，这些带着樟脑丸味道的、尘封的档案资料，对于加斯顿来说，如获至宝。他猎犬一般从中嗅出让他魂牵梦萦的旅行箱，并像所有热衷于收藏剪报的人一样，用他的笔在每页资料上细心地标注了报刊名称和出版日期。到了后期，他成立特殊的部门专门负责这一诗意的传统。

请注意，资料分为11个主题，看看，已经注入了使命感。

而后……

法国 11 位伟大的作家，被其正式书面邀请至其私宅享用下午茶，并在加斯顿的陪同下，像穿越时空一般，在同一盏灯的照耀下，沉浸在皮件、木头、泛黄纸张与褪色照片的海洋之中。

而后……

作家们从风化事件、间谍行动、王公贵族、豪华酒店、蒸汽火车等当中获得灵感，每个故事均从旅行箱开始，变成了一场真正的文学之旅。

而后呢……

伴随着想象、浪漫、血腥，一只箱包开始了它的商业传奇，太阳的亮让月亮的光变得诗意、宗教和哲学。

其二，关于书籍，也是你隐私的一部分，它的责任在于——开启。

《月亮的光是借来的》的问世，更是机缘巧合。巧合比所有计划更能决定书籍隐秘的生命。这是一本由书籍插画作品引申出来的书。莫谈米兰·昆德拉等这些声名远播的大作家，他们的作品本身就让我辈生命中不能承受之轻！我在这里向大家特别推介的是德国插画大师昆特·布霍茨，他为全球著名出版社绘制过无数封面、插图和海报，堪称德国插画界的巨匠。他是一位"瞬间收藏家"，其作品对日常生活场景有着精准的描绘，具有很强的写实感。同时，他又擅长以自然分明的光影变化来烘托人物的内心、情绪和环境氛围，带给人如临梦境的神秘美感。

有一天，世界各地的 46 位作家均收到一幅独一无二的画作，它们出自同一个画家——昆特·布霍茨。由此，46 位世界级文学大师根据创意看图写作。

而且，这一份试卷不限主题，不限字数，不限题材，每一篇文章仅仅是根据作家的理解而说出藏在画中的故事。

瞧瞧，大师之所以不朽，正在于他们相互学习以及从中汲取智慧养分的能力。插画家开启了作家的思维，作家的故事拓展了插画家的想象。如此天作之合，催生出案头这本超薄但创意无限的作品。

两本书的智慧在于，一个负责关闭与隐藏，另一个负责开启和旅行。

太阳的亮与月亮的光,本来同辉,它们的魅力就是让我们在这场生命的旅程之上,能共同沐浴在同一片浩瀚宇宙中,让生命变得更加有质感和亮度。

燃烧的火石

如果有一个人让人魔共奋,这个人一定非鲍勃·迪伦莫属。

没有一个人能席卷众多世界级大奖,格莱美、普利策、金球奖、奥斯卡、诺贝尔奖,光一个就足以令人鼻血不止,呵呵,我的哥,竟然席卷一空。

然后,有消息称,他可能拒绝领奖。

这个人究竟是人,还是个魔?

不谈奖项中的任意一个,从他少年时技术性较强的民谣,到老年声音嘶哑却让你的心灵震撼无比的摇滚。

从他写给初恋者含情脉脉的情诗,到他超越国度、社会、年龄、艺术边界直抵宇宙苍穹的天问。

从他 1971 年出版的超现实主义小说《塔兰图拉》,其写作方式后被视为新声音与狂热的模板,也是他日后创作诗歌的工具箱,到后来随手拈来一经面世便会引起强烈共鸣的若干诗歌。呵呵,就像一些神经元的门忘了关,谁不想窥探他的那颗反复无常的大脑呢?

从他穷困潦倒,跌跌撞撞、冒冒失失地闯进音乐殿堂,直到他只要在舞台上一立,一声咳嗽也会引起尖叫的富可敌国。

从他是喧闹无比的舞台上的经久不衰的王子,颈间的口琴、手中的吉他是延伸出来的歌喉与手臂,直到他作为站在坚硬冰冷的铁艺中的一位寡言的铁匠,黑色的金属在他手中肆意开放成各种有形或无形的生命。

从他的油画作品,色彩饱满,情绪与感觉呼之欲出。

再从他叼着香烟眯着眼睛的痞子相,吸毒又强戒的不良历史,**两次婚姻**以及无数艳遇,横跨半个多世纪,仍然越老越香浓,让人想起由雪茄、威士忌和马匹构成的西部牛仔。

我不晓得这些奖项的评选规则,只能老老实实地坦白,像我这样对转发比较冷淡的人，在同一个晚上连续转发了关于这个老男人的多条微博、微信。我惊叹于他对生命、自然与宇宙的理解，惊叹于他对战争、贫穷与疾病的悲悯，以及他或安静、或哭喊、或嘶吼的真实音乐表达，惊叹于他荣誉等身仍在奋力地创作、演唱……惊叹于他对诺奖的拒绝。音乐，本已是全人类共同的语言，他非刻意地去"写诗"，他的诗歌在音乐里自然流淌。他走进各种世界，平和静谧的，脓疮斑斑的，香艳奢华的，哀号呻吟的……我惊叹于，这些真实的张力充斥着他的眼睛、耳朵与鼻子，鼓胀着他的心脏与灵魂，而他，用真诚的歌喉对这些进行了最真实的阐述。

……
一个人要走多少路
别人才把他称为人
……

格莱美终身成就奖。理由是颇具创造力的作品，为美国文化甚至整个世界的文化界做出了很多贡献。从事音乐半个多世纪，1亿张唱片的发行量足以佐证，狂热的观众和刻薄的评论家，皆是他的粉丝。

2008年获普利策特别荣誉奖，意味着摇滚乐终于在被古典音乐和爵士音乐统治的奖项上破冰。音乐界本是普利策得以注入新活力的核心所在，"不是鲍勃·迪伦需要普利策奖，而是普利策奖需要鲍勃·迪伦"，正可谓切中要害。

金球奖最佳音乐原创奖、奥斯卡最佳音乐原创歌曲奖《答案就在风中飘》《像一块滚石》《当黑夜从天空落下》……

诺贝尔文学奖是文学圣殿里的最美王冠，"他把诗歌的形式以及关注社会问题的思想带入到音乐当中"，这一点就足以获得诺贝尔的关注。

他像一颗燃烧的火石，滚到哪里，就用他最冷静的大脑映射出真相，把身边的世界放到宇宙苍穹之下，进行描述、刻画、拷问。他本身的才华让他比正常人有了更多的表达路径、方法和手段。其实，走了千万里的路，你会发现，他还是站在舞台之上，用他的歌喉原味表达。他说：任何我可以唱的东西，我称之为歌。任何我没法唱的东西，我称之为诗。

他是人，还是魔？

据说，他的 6000 页的私密档案已被乔治·凯瑟家族基金会和美国塔尔萨大学天价收购，进行编目和数字化工作，以对他的创作过程进行研究。这个跨界天才，他引起的强烈反响及对其成长方式的追溯，让我不禁想起我国的一位文学巨匠鲁迅先生。在大众的印象中，他的生前身后都只能用一个板寸头、短须、冷面的侧影来定义，用几篇耳熟能详的杂文和小说概括，理应属于他的文学成就的荣光和全部人文艺术魅力竟未能全部释放。

……

一个人要走多少路

别人才把他称为人

……

鲍勃·迪伦，对他自己的设问，甚至天问，这么真实而又玩世不恭地宣称：我的朋友，答案就在风中飘，答案就在风中飘。

一切想象都可能落地

从朋友的书架上偶得一本书，至宝似的借回，而后找一个合适的时间一口气把它读完，几乎成了我的一个癖好。因为是借来的，书要还回去，这中间的距离便是真读还是假读。真读了，对我的写作大有好处，即使还回去了，也是真实地拥有过。假读呢，记录的也许是借与还之间的连接与故事。

《摆渡人》，英国作家克莱儿·麦克福尔的一本关于希望、温暖与爱情的小说。

叛逆少女迪伦离开整日唠叨的母亲、嘲笑她的同学，去寻找与母亲离异的生父，而后突遇横祸，到鬼门关（书中指的是荒原）走了一遭。这次出行是蓄意的，从人生的经历上来看其实平淡无奇。出奇之处在于，她走上了荒原，有一位与她年纪相仿的少年等在那里，故事由此展开。

我们读一本书，一般会从小说的主线、结构、语言来入手。这本书的精妙之处，是处于荒原的一对少年男女，未到荒原之前，他们阴阳两隔、素昧平生，来到荒原之上，他们彼此扶持鼓励，萌发恋情，并且起死回生。这是一本所谓灵魂出窍之后的故事。

小说荡气回肠，让人欲罢不能。我读完之后，深觉作者脑洞之大，几乎是穷尽了人们对生死轮回的一切想象，甚至觉得，死亡其实就是一场梦境，逝去的人在梦里，活着的人仍在死者的梦境以外。

这本书里有几个有趣的点位，逐一说一说，对西方写作可作一窥。

关于荒原。荒原是少女的心境写照。她喜，荒原则是阳光明媚、万木葱郁。她悲，荒原则是恶魔重现、沼泽泥泞。她的灵魂离开了那具倒在事故现场的尸身，跌跌撞撞地走在荒原之上。荒原存在吗？它存在，也不存在。荒原即意识，缥缈的意识，游走的意识。我国的神话传说里有很多故事，有仙气，有妖气，也有阴气。特别是对于人死亡之后的描述，如奈何桥、孟婆汤、阎王殿，让人觉得死亡是件很可怕、很绝望的事。

  关于安全屋。这是通往荒原以外，到达另一个世界的中转点；是临时庇护所，也是灵魂的栖息地；是一切善与恶不断转换、不断斗争的思考空间。人的一生可能要遇到很多的人，经历很多的事，也会有各种各样的中转点，安全屋是虚拟中的一个具象。是否安全，仅仅是一扇门的距离，一层窗户纸的厚度，皆由心境所塑。

  关于爱情。一个老得不能再老的灵魂摆渡人崔斯坦，他的幻象当然是一个少年，负责引领一个花季少女的灵魂。这个少女走在荒原之上，却仍在思考、抗争命运对她的安排。她在被崔斯坦摆渡的过程中，用她坚定纯净的思想、从来没有过的强烈爱恋摆渡了这个本已麻木的摆渡人。没有什么力量能阻止爱的追寻。写到这里，我不禁想起了我们逝去的少年时光，为了在一起，一切阻碍都可以打破与放弃。大凡爱过的人都有这样不要命的青春。迪伦克服了重回荒原之上的孤独、恐惧，对抗了恶魔的攻击、光的引诱，坚定的心志终于燃起了崔斯坦对爱的信心。

黑白键

——关于《1Q84——book1 4月-6月》的书名与目录

首先，从书名上来说，村上春树可以说是个标题党。吸引我的是这本书的书名，明明写的是1984年的事儿，为什么要在年份中加上这个Q呢？Q是英文"QUESTION"的缩写。不错，加上这个Q，从标题入手，村上先生就直言不讳地告诉读者，这个年份发生了一些不得不写的事件，而且是问题事件。从书名上，我们隐约可以嗅出属于1984年的危险气息。《猫头鹰在黄昏起飞》，是作者川上未映子对村上先生做的访谈合集，松散的、老友式的闲聊，其间谈到村上作品书名的奇怪之处，原先以为他一定是为他的作品所做的匠心之备，不料却被告知是随手偶得的，好似做的一个游戏，旁观者看来以为有何精妙过人之处，揭开谜底，却发现是一个信手拈来的、被忽视的常规套路。

诚如书背上写着：

不管是否喜欢，目前我已经转身于"1Q84年"。

我熟悉的那个1984年已经无影无踪。

今年是1Q84年。空气变了，风暴变了。

我必须尽快适应穿上带着问号的世界。

像被放进陌生森林中的动物，

为了生存得尽快了解并适应这里的规则。

一本小说，先有书名后有结构，还是先有结构后有书名？个中并无定式，一切凭作者的喜好和故事发展的引子来决定。姑且从此书目录来看，共24章，分"青豆"与"天吾"，交替而写。青豆为奇数，天吾为偶数，好似钢琴的黑白键。看似简单，但这两个初恋情人，一直到文尾，都在围绕一首交响曲，用看不见的手在弹奏属于1984年的悲怆交响曲。

我尝试着把属于他们的目录拆分开来,重新进行了组合。

以下是属于青豆的章节:

第1章　不要被外表迷惑

第3章　几个被改变的事实

第5章　需要专业技能与训练的职业

第7章　静静地,别惊动了蝴蝶

第9章　风景变了,规则变了

第11章　肉体才是人的神殿

第13章　天生的受害者

第15章　像给气球装上锚一样牢固

第17章　无论我们幸福还是不幸

第19章　分担秘密的女人

第21章　不管试着逃到多么遥远的地方

第23章　这不过是个开端

以下是属于天吾的章节:

第2章　另有主意

第4章　假如你希望这样

第6章　我们要去很远的地方吗?

第8章　到陌生的地方去见陌生的人

第10章　真正的流血革命

第12章　愿你的国降临

第14章　几乎所有的读者都从未见过的东西

第16章　能让你喜欢,我很高兴

第18章　老大哥已经没有戏了

第20章　可怜的吉利亚克人

第22章　时间能以扭曲的形态前进

第24章　并非这里的世界意义何在

两个人从原点出发，不曾交集，却又因为发生在1984年的"Q"事件而紧紧地被拴到了一起。我们从章节标题似乎读出了人物的性格变异、命运多舛，通篇弥漫着冷酷绝望而又唯美的气息。如果说青豆的性格是张扬的、外放的、冷绝的，而天吾则是内敛的、胆怯的、和善的。青豆从事杀手的职业，天吾帮人改写小说，二者从事的都是不见光的任务，青豆主动，天吾被动。单独梳理出来的章节，从故事本身来讲，如独立成篇，可能略显单薄了些。如果把这本书人格化的话，青豆与天吾就像是一撇一捺的一个"人"字，相互支撑，又如同一架钢琴的黑白键，悲悯地弹奏出属于1984的青春交响曲！

致张爱玲

她把与他的爱视为最珍爱的作品,她也混淆了与他、与她与他的爱了。

爱是没有理由的,也是盲目的。

爱玲是个爱做梦的人,难道以她的情商看不透胡兰成吗?

不是的,她是把这场轰轰烈烈的爱情定格下来,把自己定格进去,成为一个被娇宠、被溺爱的女人,而这一点在她的童年以及少女时代正是最稀缺的。

为了这个茧,她后来将之视为了责任。

直到最后,她自己割开了这个茧子,将自己放飞了。

史记玩家郁建中

郁先生，本名建中，泰州海陵人士，岁逾六旬。望前额，高如佛陀；观其发，钢丝网围溜冰场，且乱舞张扬；察其面，细眼厚唇，嘴角上扬，乃色变之症遗患。先生早年重疾，弃化疗，仍随性生活起居，以情志克制病魔，今尤康健。此法唯其适用，不可复制也！先生常戴黑框眼镜，目光炯炯，内藏玄机；喜大红服饰，手插裤兜，洒脱不羁。莫道年华渐老，童心尤盛。

先生长于杏林世家，耳濡目染，家学渊源，岐黄玄妙，医病疾，亦医人心。年少轻狂，路见一青年，面色干枯灰黄，腹呈蛙状，直言命不久矣。一干人既惊且怒，如若当下，免不了拳脚相加，刀刃伺候。然，先生不慌不忙，望闻问切，娓娓道来。言：如若有误，行不改名，坐不改姓，可以公职担保。他日，病患入院被诊断为肝癌，众人无不拜服，惊为神医。先生天赋异禀，若终身从医，可成国医圣手。却受命转行，多年勤勉忠贞，职务越干越小，非己之过，实乃人事诡秘莫测。然，先生仍笑傲立杏林之中，不卑不亢，游历于鸿儒之间，真情率性，奇人也。

先生琴棋书画，无一不通，各自成趣，且与各界交好，无宗无派融会贯通，小集大成一代玩家。围棋至业余五段，常以棋会友，执黑白飘逸潇洒，如入无人之境，驰骋方寸之间，犹如千军万马。写棋文棋事，挥洒自如，少有人及。退休之余，致力于棋赛棋训，乐此不疲。春兰世锦，一枝独秀实艳冠群芳。中象国象，陵堰港及兴化后来居上。携妻探亲异国独女及俩幼孙，与多国棋友交流，阔谈吾华夏悠久的围棋文化渊源，不惜呈大国围棋之艺，扬泱泱大国之威。

先生为友赤烈如火，两肋插刀，唯恐不尽。每有文玩雅物，常作随手礼任性赠之，只为慷慨一乐。先生虽不嗜酒，如若性情所致，便狂放豪饮，且不论酒菜档次，不论环境优劣，只唯对饮之人。虽逾花甲，对志同道合者，谈吐不俗者，人品上佳者，无论长幼，皆为师为尊。佛性禅心，对世间琐事，一花一木，极易感怀，慈悲随喜。遇有友人困难，遂挺身而出，多方调拨资源。日前，吾染小恙住院，先生嘱棋友中医才俊俭仪等用心治疗关照细节，托画友彭年画牡丹游鱼探望为慰，寓吾作子非鱼之遐思，吾感之释怀。侠之大者，郁先生建中是也。

郁先生以奇人、奇士、奇侠之事，非文之能尽。新年伊始，作小文以飨赴美探亲之行，不亦快哉。

关于生活中的结构美学

结构的美学，在生活中无处不在。

很多人以为，结构是什么？它与我何干？在此，大白话一二。

对于结构这一概念，有不同的看法，有人认为它是属于自然科学的，也有人认为它属于哲学的范畴。从常识上看，结构还是在建造领域被多数人认知。众所周知，在生活当中，我们所居住的房子其实就是由若干结构组成。但那不叫结构，曰檩，曰梁，曰柱。记得当初学建筑学的结构力学时，我曾抱怨其精算之烦琐，却忘记在孩提时曾用积木搭房子时更多的是凭感觉从形状和色彩来着手。殊不知，那其实是结构力学在生活中的雏形，一个看似坚不可摧的城堡，就是由若干个长方形、正方形、三角形和圆形等组成，要想用一个指头推倒，也非易事。瞧瞧，学校教育与社会教育的差别就在于此，打通其关节，就在于这么个捅破窗户纸的力度。

实际上，结构主义作为一种思维方式起源于哪里，众说纷纭，但它早已渗透进我们生活的方方面面，倒是不争的事实。它像一柄利剑，改变着人们看问题和思考问题的方式方法，甚至无孔不入地渗透到日常生活和政治生活的各个领域。而且，作为文化思潮，它涉及社会科学的各个领域，如语言学、人类学、心理学等。结构主义方法的本质和首要原则在于，它力图研究联结和结合诸要素的关系的复杂网络，而不是研究一个整体的诸要素。

撇开枯燥乏味的名词解释，以及政治生活领域的结构性安排，从生活角度来看，结构的美，打破了传统的对建造这个硬性名词的认知，赋予其柔性、诗意的文化或精神象征。

于文章而言，小学时，作文老师就教导我们，行文有先总后分、先分后总、先总后分再总三种基本结构形式。一篇美文读下来，首先在于其结构的安排是否紧凑或张弛有度，其次是语言，再次是内容。从文体看，小说的结构性最为关键，散文的结构性体现在行云流水的美感。于诗歌而言呢？不少人认为律诗以外就无结构，其实新诗本无标准，诗歌的结构则更像音乐的台阶。我们都知道老祖宗留给我们很多文化瑰宝，如《诗经》，它不仅奠定了中国古代文学现实主义的基础，而且大多是朗朗上口的乐曲，是最为珍贵的古代文化遗产之一。朱熹《诗集传》说：风（国风）是民俗歌谣之诗，小雅是燕飨之乐，大雅是会朝之乐，颂是宗庙之乐歌。分工之精妙，不可不惊叹于古人之智慧，呈《诗经》以结构之大象。如，有匪君子，如切如磋，如琢如磨（《诗经·国风·卫风·淇奥》）。又如，月出皎兮，佼人僚兮（《诗经·国风·陈风·月出》）。遗憾的是，时至今日，诗与歌分道扬镳，诗不成歌，歌不成诗。

再来说音乐，音阶就是它的结构，通常让人们沉浸的是音乐的旋律。其实，正是这美丽的旋律，不管是拾级而上还是飞云流瀑，不管是虎啸狼嗥还是莺歌燕语，都是由严谨的音阶结构组成的。正所谓，艺术也是以科学为基础的，科学保障了艺术的严谨性。它外在的表现可能是飞扬的抑或是沉闷的，可能是悲怆的抑或是欢快的，均由内里那颗严谨结构之心所支撑。不少人之所以喜欢听摇滚，其实，是被其高格调的相互支撑的外在与内里结构的互动所打动。因而，离开了吉他、贝斯，或者离开了好的歌词，离开了乐手的演绎，离开了灯光、舞美等，一曲好的摇滚乐，还怎么释放它的极致和纯粹？谭维维的《华阴老腔一声喊》，用混搭的手法，糅合了华阴老腔与摇滚，并探索出了一个古老与时尚的共同通道，欢快而勇敢地表达沉重的话题，让人无法不去爱上这个甘于冷清却才华横溢的摇滚姑娘。

我国的园林，从结构上来看，讲究的是园景和园境的和谐统一。景与境，一个是物质的、可见的，另一个是虚无的、不可见的。移步换景突出的是景，心由境生强调的是境。你说是景重要，还是境关键？哪里雕栏玉砌，哪里窗棂几何，哪里兰草萋萋，哪里桃之夭夭，结构的微妙就在于此。另外，相比于西方油画的热烈或沉静，我更爱中国画的散淡与疏离，尤其是画面的留白，令人遐想无限，艺术的张力倒不在于其画面的满与溢，真正留白的位置，正是给赏画者预留的想象空间。关于这方面的笑谈,在这里就不一一道来了,留个白吧,会心一笑。

结构于人而言,一撇一捺,是相互支撑的结构。人都是有面孔的,据说好看的面孔十分符合黄金分割定律。世界各国选美冠军得主的五官,无一例外地符合这一原则。西班牙浪漫主义画派画家戈雅的名作《着衣的玛哈》与《裸体的玛哈》,就曾被行家指出裸女脚部的处理不符合解剖结构。符不符合并不重要,重要的是画家挑战宗教的精神,与画作的美学结构相比,更有着不可言喻的美丽与高贵。

因此说,结构在生活中的美学意义是很重要的,领悟了它,差不多就领悟了生命的真谛。

腐草为萤

大暑三候：一候腐草为萤，二候土润溽暑，三候大雨时行。

有人问，腐草为萤，你见过吗？

她说，没有。

有人问，上海的天空能见到萤火虫吗？

她说，上海的夜空不黑，也看不见腐草。

有人问，那里望得见萤火虫吗？

她说，仰望夜空，看得见风从楼间穿过，那些是萤的幻影；从摩天大楼上往下看，夜空倒成了半亮半暗的路，梭行的车流成了浮在夜里的萤。

有人问，你是在说人的生存状态也是一只疲惫的萤吗？

她说，在别人眼里，我和他们就是一只只流萤，飞到哪里，就亮到哪里。尽管亮光很弱，但仍要飞舞，尽管疲惫，还是要飞舞。

有人又问，你不喜欢流萤吗？

她说，我最喜欢的还是家乡飞舞在漆黑夜空里的萤，捂在手心里，生怕从指间飞跑，那是美好和真实的象征……

关于一个群的独白

前段时间,友小Y告之,其父突发脑栓塞,好好的一个老人,被告之语言功能丧失、神经功能损伤。异地病榻之前尽孝已不堪重负,亲朋好友纷纷电话询问,心力交瘁之际,想到万能的朋友圈,果断拉起一个群,云:某某康复训练中,每天数次随手拍小视频。瞬间,喧嚣戛然而止,世界由此安静下来!

过了十多天,得知病情稍微稳定,我们几位相约驱车前往省城探望。老父亲面色苍白,没有一丝表情。哦,原先他是一位多么矜持而斯文的老先生。

我向他伸出手,他的眼神几乎是凝滞的,迟疑在他颤巍巍缓缓伸出的双手之间。我赶紧上前握住,他的手是干瘪的,没有什么力气。

小Y的母亲鼓励丈夫:"他们大老远来看望你,你得用点劲,表达你的感谢。"

握在手里的手果然稍稍多用了一些劲。尽管面上仍无表情,听力是好的,反应虽然慢了小半拍,但毕竟也算正常。比起不治,是天大的幸运了。

欣慰。

"爸爸出事时,我们毫无头绪,一听到手机响,心里面就发蒙。对那些询问的亲友,不想说话,因为每个人问的都是同样的问题,但因为是来自方方面面的人,我得感谢别人的关心,想好答案,心里头还要琢磨父亲的治疗方案。前些日子,恨不得要崩溃。现在好了,有了微信群,大家想了解的事儿,都可以从群里看到,语音也蛮好,把他们的问候实时播放给爸爸听,尽管他还不能说,但是他的心里是明白的。"

瞧瞧,至此,我觉得这是迄今为止最为温情的一个群了。对患者的慰藉,并不在于迫不及待冲到床前嘘寒问暖。科技为亲情设置了一道理性的、缓冲的、看不见的保护屏。中国的传统礼节,在高科技面前以口语、肢体语言和表情来尽情表达,虽稍显含蓄,但人情味更浓,来日方长,人与人之间不就图个念想！

群有疗伤功能，小至挠痒痒，大至治愈，各种病，心理的、生理的和情感的。于个体的人也好，于看不见的社会治理也罢，群，以它特定的秩序引导着人们的情绪。

秩序，无色，无味，无形，无处不在。

社会，是在特定环境下共同生活的同一物种的不同个体长久形成的彼此相依的一种生存状态。

现实的社会由若干个社区构成，社区涵盖了社会的一切功能。不禁想起先祖创造的户籍制度。两千多年前，春秋战国时期，诸国混战，人口成为最重要的资源之一。赋税、夫役、兵丁皆出于人口。秦国在商鞅的变革下，率先建立了严密的户口登记制度。"四境之内，丈夫女子皆有名于上，生者著，死者削。"秦国由此获得强大的财税汲取能力和全民动员能力。王朝更替，一跨千年。进入当下时代，经济社会飞速发展，社会分工越发精细，与网络相关的各种社会组织应运而生且渐成气候，力量不可小觑。

再看，社会有现实与虚拟之分。

且先来看一看线下的现实社会。社会秩序被一双看不见的手管控着。最基础的单元是我们通常说的块块，管职能的叫条条，条与块的整合纵横交错、骨肉相连，构成我们最基本的管理单元。具体到一个社区而言，群众的大事小情，由社工、社区民警、中心户长（也有的地方叫楼长）看着、管着。指挥他们的是一套套运行机制。每一个家庭在网格单元当中都有一个坐标。一有情况，各种关于秩序运转的工作手段会一股脑儿地被用上。试想，这也符合万有引力。而往相反的方向去推断、印证，主体与客体的作用力如呈相反方向，则淤堵的社会单元易滋生犯罪。所谓，不通则痛，通则不痛。

再来看一看线上的虚拟社会。成亿的网民每天在网络的汪洋大海中浩浩荡荡、劈波斩浪。其实，你在群里的一举一动，都有人在看不见的地方盯着。无论是练习小李飞刀式的切瓜，还是沉溺于乱世三国苦心经营百户千户长的晋升与装备升级倒卖；无论是一眼剧透却仍痴笑痛苦一路陪伴的韩美神剧，还是保健营养、心灵鸡汤、职业生涯设计；无论是胡侃神聊、飞短流长，还是《梦幻西游》《王者荣耀》《暴打魏蜀吴》等极品手游；更有那些面对突发事件、血腥新闻、桃色故事兴奋莫名的无事忙……网络的繁荣是市场的需求，规范社会秩序，是否应尽快将网络市场纳入其中？呵呵，我曾这样想过，以百人为单位，把一个个群进行列统，以网聊时间长度为轴线，泱泱大国，每天的流量应该是一个惊人的天文数字。

为了挽救在网海沉浮挣扎的众亲，策应防不胜防的作风和效能问责，我供职的单位前段时间发起了"群运动"。改变过去失之于宽的做法，由负责人根据分工建立相应的工作群，对入群者进行明确规定。大家在群里转播动态，研究工作，分享心得。另有志同道合者，可在业余时间就奶妈萌娃、才艺秀、抑郁症等话题自行讨论。不管处于哪一个网格单元，始终保持坚定正确的政治方向，是群里的众亲须坚守的原则。如果，在群里吐槽打口水仗不够过瘾，群下切磋，或对酒当歌，或吟诗作对，也未尝不可。实在不然，面壁大骂，或对着群山怒吼，想必山一定会忠诚地予以回音。

处于网格当中，线上线下，天网恢恢，你本无处可逃。

日前，互联网时代的文化自信——中国网络文化传播峰会在吉林召开，"长春宣言"成为文化自信的集结号。中国人几千年传承下来的东西，不仅仅是在授受之间。

写到这儿，又想那天我们离开病房时，小Y正在熟练地为她的老父亲刮胡须。远在百里之外，一个个脑袋挤在手机前，看着这一视频，孝悌与温暖径自流动。

不亦快哉。

第三辑 遥也可及

所谓远方,就是心灵到达不了的地方。

骑上骆驼，到达瓦昆沙漠散个步

驼铃声声，双膝着地的骆驼，随着主人的吆喝温顺地站起来，"呀"的一声惊呼，一种从未有过的高度，让我对大漠的膜拜瞬间升腾起来，终于来了，帕米尔高原，达瓦昆沙漠。

"大漠孤烟直，长河落日圆。"

我梦里的荒荒大漠，已经绵延千里，经年不衰。很久很久以来，它就蛊惑着我的脚步。它是触动和安放我灵魂的一个所在。

三毛和荷西的爱在撒哈拉。

带着对自由的向往，鲍勃·迪伦的民谣一路相伴！驼背是温暖的，坐在上面，腰肢可随着骆驼的步履不紧不慢地扭动。音乐在一路飘荡，我的灵魂也一路飘荡。当满眼苍茫、白得无边的沙海映入眼帘，我不晓得我们面对的是生存还是幻灭。

前边的马倌骑在马背上，低头玩着手机。这世界真令人疯狂。

沙海在他的眼里是资源的变现。从中获取的信息，弱化了我对自然界的敬畏和审美的情趣。他操着生硬的普通话说，骑马原地照相二十，骑一圈五十。想着与维吾尔族兄弟买买提的情谊，我还是骑着那匹白马，信马由缰，哈，不要担心啦，这匹英俊的小马由买买提牵着缰绳呢。像熟悉所有游客的套路，它信步踏沙，或低头沉思，或平和地眺望远方，拍照，留念，两欢喜，尽苍茫。

旅行就是在短暂的时间内获取最欢快的体验。

把鞋袜脱了，沙子从趾间争先恐后地流淌出来。忽冷忽热，与自然的默契似乎一下子给打通了，绝不是一双鞋子的缘故。帕米尔高原所赋予的神秘力量指引着我放下尘世的牵绊，与这蓝天、沙海融为一体。

加西亚·马尔克斯的一本短篇小说集《梦中的欢快葬礼和十二个异乡故

事》在我的背包里安放着。此刻，我与大师一同关心人物在异乡的际遇，为大师给予他们这样的安排而不做别样的安排而着迷，为书中异乡的风物景致而着迷。沙丘沙海，不毛之地深处的一汪积水，几株野芦，天空飞过的孤寂的鸟，远处的驼队和端着相机的我们，都是对方眼里或静止或流动的一抹风景。所有秘而不宣的情感都在这沙海深处流淌。

戈壁上的胡杨在干冷的十月带着恣意的金黄，它的树干疤痕错杂，枝条也是散而随意地四处飞张。同行的女子俏皮地说，她要给胡杨来张特写。于是，在我们的镜头下，那些黄而泛白的叶片，零零星星布满了被虫噬的洞洞眼，乍看丑陋而平淡。但就是这些平淡无奇，随着镜头推开，从叶子、枝条、树干，到枝叶婆娑、树木成林，在秋日，与根部尚绿往上却逐渐枯黄的野草，矮小的、在风中摇曳着顶上白色芦花的芦苇，帕米尔高原的蓝天之下，层林尽染，构成了秋之丰硕与静美。

的确，一个乡村在摇滚

当摇滚与华阴老腔搅和到一起，就混搭出一个新摇滚。当走进袁家村，简直混搭得不行。

一走进这街道，被一浪一浪的人裹挟着流淌过一个个最地道的小吃店，属于陕西的特有的老味道，便纷至沓来，争相闯入你的眼、耳、鼻、喉、心，让你目不暇接，一刻也无法消停。

一切热辣辣的场子，像挠钩似的，勾引你，诱惑你，一个个活色生香，蛮不讲理，霸气之极。前一秒可能为店主就一碗羊血汤粉的制作所作的毒誓咋舌，后一秒你会被他的实诚所征服。

我听过各式各样的摇滚，却没见过这般摇滚着的乡村。

货郎，摊贩，作坊，酒吧，咖啡，民宿，一切生息的与作业的，所有的摇滚都热辣或沉静，暗流汹涌的那种。我知道这个摇滚着的乡村是枕着九嵕山的。他们的激情是九嵕山式的，苍茫而悲凉。

农民以食品安全的守护为核心，这是良心的底线，也是营销的最高目标。任何一个消费者都是有良心的，他们与做营销的农民，返乡的有志青年，以及新生代的创业者、手作人组成的新农民，浩浩荡荡加入了共同捍卫食品安全的大军。

营造或还原老味道，是食造摇滚者们的狂热追求。

秦腔，是八百里秦川的共同语言。它在剪纸、皮影、年画，还有各种戏剧里发声。一个人扯着嗓子吼，任由一把二胡兀自拉着，太阳在午后也似慢了半晌，有鸽子在灰瓦的屋顶，在老石板路上，在游人的步履之间，闲庭信步。猛一声，鸽子惊起，戏台上的拉腔与茯茶的轰鸣把人们拉回来，拉回白鹿原的记忆中来。可惜，没能去得成白鹿原，那里的雪太大，这里却也只是象征性作了个交代！如若是我一个人，必然要冒雪上山造访一番。

摇滚着的街道，在乡村里肆意表达着陕西人的智慧与坚守！没有规划师，却浑然天成为一个守陵者对新农村的所有想象。农民式的精于算计，以一种不设防的姿势拥抱着四面八方而来的创业者。他们从醋、油、面、凉皮等最朴实的农家食物里，不断地向外淘金。只要勤劳地埋头做好一碗豆腐脑儿、一根麻花、一碗羊肉泡馍，认真而纯粹，一种东西被打碎，又一种东西被重新构建。

路道，让我想起小时候在农村穿的衣裳，补丁也拾掇得干干净净。石板街，一切以鞋子的舒适为主，这儿粘几片瓦砾，那儿的缝隙间补上几块鹅卵石。砖头与石块相依，与瓦砾相连。它们咬合在一起，真实地撕裂，亦是诚挚地弥补。水顺着砖砌的地槽流动，既聚财，也防火，不便是有的，对南方客人而言，则是无声的慰藉。

摇滚，摇滚，从这关中村庄的质朴里感悟生活的热忱。

入村，有一条大河，横切的岸断面，黄坨坨的土地，雄厚而混沌，它倒映在河里，给予不同的想象，仿佛在暗喻：蹚过这条河，又一批吃货摇滚者扑面而来。

行者

城里的巷子，我走在其中，就变成一枚行走的棋子。

我是白，还是黑，我不知道。我知道，我的扑通跳着的心是红色的，我的血液通畅，这些让我始终朝气蓬勃。它横平竖直，低矮的屋子不语，蹲守在经纬线交界之处，屋与屋之间，又构成新的经纬。我走到哪里，就要认知一片楚河汉界。人生如棋，但很多人不知道自己本是一枚棋子。循着厮守的线路，不知不觉进入死局。假若掉头重新再走，却又到了一个新的天地。

当走在老家的村落里，炊烟深处，我是一只自由自在的风筝。

我飞到邻家的天井上空，有嬉戏的孩子，逃避着父母的责骂，也有长者一声声唤着某人的乳名。我飞到田野撒欢，风追逐着我，我也追逐着风，我们在拉拉扯扯中长成一身野性的灵魂。我飞到渡口，长长的驳船，引起对行船人的仰望。

当行走在陌生的旅程中，我是一个亢奋而又疲倦的旅人。

我阅读纵横山水与交错阡陌，阅读莽莽林海与无垠草原，阅读冰川雪岭与湿热丛林，阅读湛蓝或混浊的大海，我在海轮、车厢、拖拉机、马背、驼峰上昏昏欲睡，我的脑海里、胸腔里、血液里，有山与回响，有林海与草浪涛涛，有冰水与马尾草凌乱的声音，有海鸟与海水嬉戏。于是，我就变成一粒沙子，一片树叶，一根野草，一枝冰花，一只海鸟。我是多变的、荒野的灵兽。

当返程时，我又重新回到自我。

这个我，既是原来的我的皮囊。

又不是我，我的灵魂还在来时的路上。

高速公路偶见

诸君莫笑,尽管这是个冷幽默。

关于高速堵车,故事与传奇很多,有喜有乐,有生有死。经典的万头攒动,搞笑爆表的表情包大全。每当看到视频或图片流出,都暗自庆幸错峰外出的英明决策。今天出差,巧遇堵车,总算体验了一把,哈哈,恰似这边风光无限。

我饶有兴致地对各类堵客进行了观察与分类,不一定准确全面,但也可谓一斑与全豹之关系。

一类旁若无人。把堵车当风景,鱼一般游弋在车的海洋中,嬉闹追逐,拍照留存,或挥杆运球,上蹿下跳,或跷脚推拿,东张西望。

一类安之若素。坐在车内,与手机长相厮守,唧唧复唧唧,疑是粘上万能胶模样。有凭栏远眺,深情凝望,遥想有位伊人,在车流前方。

一类焦躁骂娘。骂天不公,难得出门,却遇此圣境。骂道不畅,骂应急通道上眼堵耳堵心堵,坏情绪喷涌而出,化作飞流,一泻千里。

当时恰逢下雨,我问同行的老高:"此刻只能有一个愿望,你最想做什么?"

老高财务出身,我以为他要算高速延误成本大账,谁知该老兄一字一顿口吐莲花:"我想撑把小雨伞在这儿散个步。"

大笑。

有人问我,我则双手合十,只要能保证赶上预订的航班,底线之上,我且安心欣赏,权当出差奇遇。

遇事不怕事,但添堵的不是上述种种奇人异象,闹心且引起公愤的却是应急车道上飞驶而过的汽车。因为稍有常识的人都知道,除了清障、消防、救援等特殊车辆,上了这条道,堵的是自己的路。常常有这种怪现象,疏通到最后，仍有不少车在不停变道做麻花状处理，驾驶者还在为自己能在高速上炫车技而洋洋得意。

高速在一个国家交通体系中的位置，就好比一个人身上的血管一样，堵上了，易得血栓，而后引发一系列的恶性连锁反应。如果真要测算成本，有种成本则根本无法估算。那就是因高速堵车延误形成的机会成本。关于这个话题，我抱着打破砂锅问到底的心态，上网搜索了下，案例几乎没有。至此，真要为国人素质鼓掌。

万幸。

从2013年年底，我国高速公路首次突破10万千米，预计2016年将达13万千米。高速上匆匆过客，如果因堵车把一纸诉状送到法庭，法官们该怎样落槌？

纠结。

堵车多数是因为事故，细细留意，与之关联的应急处置却鲜见于媒体。因此，遇节必堵成了节日病的一种，逢堵必晒成了节日消遣的特殊方式，将来会不会逐步演变为一笑了之且麻木不仁的社会病，我庸人自扰，甚是担心。

回应社会关切的正确方式，其实是回归本位的六个字——恢复应急功能，也就是恢复应急通道的本来功能。应急指挥系统快速应急与响应，构建与属地政府的良好合作关系，应急响应机制启动后，安排最合适的清障车辆与设施，用最短的时间奔赴现场，在生命为先的前提下实施紧急救援，妥善处置，并以最合理的速度恢复应有秩序。

然而，我们从各类媒体获取的多数是带有娱乐色彩的拥堵信息与奇闻逸事，公众对公共突发事件处置的参与意识及协作能力，不客气地讲，几乎处于不及格的水平。媒体错位，政府缺位，部分公众做出越位或不到位之举动，似乎也因此有了借口与托词。

拥堵并非我国的专属现象，如果测算拥堵比，我国还是偏低的。怎么治堵，方式很多。政府与媒体，我等且不需去操这个闲心。作为普通的公民，我想我们能做的只有一件事，服从提醒，依道缓行，绝对不去占据应急通道。

要晓得，你所走的，必将阻碍你自己前进的路，丧失可能存在的一切机会。

泊在高速上的各式车辆，从里面走出来的各式堵客。对不起，这个名词是我发明的。堵在这里是前缀，客指的是特定的存在状态。堵的时候，相互依存，共同期盼，今天目睹一位堵客，健步穿过车流，奔向事发地点，后又返身座驾，沿途不忘与其他堵客挥手致意，颇具喜感。终于，清障之后，各自绝尘而去。

空间之美
——新加坡漫记之一

从高空俯瞰新加坡,你可能会新奇地发现,这是一朵绽放在马六甲海峡的卓锦·万代兰。据培训助教 IRIS 介绍,新加坡的国花恰恰是兰花。一个国家在空间形态上、其国人的文化认同上都以兰花之态出现,不能简单地说是一种巧合。

的确如此,正如兰花在中国有"四君子"之一之美誉,水墨之兰均是淡淡几笔,以画布的空白留给人们许多关于艺术的想象,空白未尝不是一种艺术的设定。而狮城的空间,在于它的建筑与绿之间形成的空白。不是实际空间上的,而是由这些绿把城市分隔开来,以精神上的充实而造成的对城市外形的忽略。因此,狮城的美,在于它以绿为栏的空间之美。

一出樟宜国际机场,强烈的视觉冲击是满眼的绿,仿佛这个岛国就是一棵高大的雨树。IRIS 介绍,新加坡这些年光进口的树就有上百万棵,这些树中最有特征的当数雨树了。这样的一种树,顶如伞冠,树干或直挺或弯曲,似乎比棕榈树还高出许多。这种树又称"五点钟"树,据说一到下午五点,树叶就像含羞草一样合拢起来。而"移民"到了新加坡后,遇雨则谦逊地垂下树叶,看到太阳就枝舒叶展,深得当地人的喜爱。走在洁净的路上,高大的建筑在绿荫的衬托下,愈发雄奇伟岸。低矮的老屋,掩在树丛里,只露出或青灰或红褐的屋尖,古朴而厚重。古树、绿荫、芳草,层层叠叠,把这岛屿分隔成树和草的海洋。绿,浸了你的脾脏与肺腑,让你恨不得也变成一棵树。

狮城的美,在于它的规划与建筑。规划在于每一个区域都代表了一段历史,见证了一个时代。建筑带来的不仅是城市的容貌,也体现了一个国家的意志与精神。从构建于 1971 年的概念规划,到今天一层一层剥笋式呈现规划精神的各类建筑，以及由各种风格、造型、意蕴连贯而成的建筑群体，无不体现着这个国家"和平、民主、正义、进步、平等"的政治主张，以及"开放、包容、坚守"的文化认同。我们怀着审美的眼光来看这个国家的城市建设，建筑的美感在于它是凝固的音符，无论是榴梿形状的艺术中心，还是金沙连体建筑，以及穿越在热带丛林中的各种几何形状的建筑，都洗练而本色地扮演着城市赋予它的角色，并且默契地叙述着属于这个国家的历史。

  初来乍到，除了树、建筑，我还惊叹于她的桥。由于特殊的地理位置，海水像摇篮一样孕育着这个美丽的岛屿，这个岛国的桥据说不计其数。但以新加坡河为中心的沿岸，一圈竟有14座桥，其中的几座不能不略作介绍，一座是连贯榴梿壳与金融中心的滨海大桥，另两座都以总督命名，一座是钢架斜拉的加文那桥，一座是无桥桩、以直角和圆形钢架组合拉着的安德逊桥。这些桥与桥头的浮尔顿酒店，都有百来年的历史了，以简约宁静的美与对岸恢宏非凡的金沙、清雅脱俗的维多利亚剧院遥相呼应，一笔难尽古老与现代的交相辉映。而偷闲坐在滨海大桥下浮尔顿船坞的黑色铁艺椅上，看着雨中桥下缓缓流淌的河水，身边是来来去去的不同种族与肤色的人群，品一口卡布奇诺，真是莫大的慰藉。我想，这种慰藉，更多的是来自狮城的建筑、树木、地标所形成的层次，以及因这些不同层次形成的空间之美，超越时空的文化认同，一种内涵之美。

秩序之美
——新加坡漫记之二

到新加坡几天，感触最深的除了她的空间之美，还有因集约、高效带来的秩序感，润泽出这个岛国的主人与众不同的安然与从容。几件小事，使我对这个国家的秩序与国人的自觉充满了由衷的敬意。

以我们培训的教室来看，地处管理大学，教室不是固定的，上午可能在302教室，下午有可能就到了207教室。这里的教室，每天从早上九点开始，一直到晚上十点关灯，服务于到这里获取知识和信息的人们。上课的时点是精准的，说是九点，不可能是九点零一分。下课的时点也是精准的，提早下课和拖课的事情也不可能发生。尽管这所大学是开放的，但开放的仅仅是形式，在其管理上是以高效有序而著称的。由于新加坡资源的有限性，因此，对每一种资源，政府都极尽使用之能效。就拿教室来说，也不可能闲置。培训机构与管理大学有着资源共享的合约，我们的培训课程穿插在在校学生的课程之后。往往我们这些成年人在课室里听着课，就有学生坐在教室外的长条桌椅上候着，当然是来自不同国家的各种肤色的学生，都很认真地坐在那里边学习边等候上课。这一拨才出了课室，那一拨又涌了进去。如此这般，往复循环，一刻不歇。

这里的大学没有高大富丽的大门，也没有圈起来的校园，学生进入课室，凭智慧卡感应一下即可进入。下了课，培训助教 IRIS 会带领我们走过玻璃的智慧通道，当然也是不需"感应"即可出入的特别通道。站在高大的雨树树荫下，只需等几分钟，培训机构联系好的巴士便会如约而至。司机多数是马来人，也有华人，车一到，都彬彬有礼地含笑立在一旁，候我们上车，极为用心负责。不浪费任何一点资源，更不浪费一分钟时间。所以，细细留心，不难发现，严明的法令及其执行，使秩序感不仅是政府对民众的要求，其实早已进入了居民的血液,成为随时随地流露出来的一种个人素养了。

这几天坐在接送我们的巴士上,来来去去参观不同的街区容貌,又发现,困扰任何一个国家或者城市的交通问题在这里却得到了很好的解决,因为规划的前瞻性以及与生俱来的强烈的危机意识,在二十年前,政府就对交通进行了规划与管理。其理念可用以下的公式简单予以概括:限车 + 限流 = 通畅。复杂的问题,处理的方法却简约之极。但是在这里,"越是简单的,往往最难坚守"却不成立,因为这里有着世界上对法典最严格的执行,并且法纪意识已成为国人最基本的素质。一个规划确定以后,任何外力都无法更无权更改。尽管有着 500 多万的常住人口,大小车辆有数万辆,无论从哪个角度来看,每天行驶在绿荫丛中的道路上,却不急不徐。特别是这马路弯弯曲曲,城内单向车道始终没有超过两道的。

限车,方法也不难,无非是提高价格。新加坡是个资源极度匮乏的国家,为了防止因交通管理不到位而影响整个国家的秩序,以进口一辆汽车来推断,我们就能清晰地把握新加坡政府对待交通管理的决心和铁腕了。要买一辆汽车行驶在林荫大道上,并不是一件简单的事,你必须对价格有个清醒的认识。一辆普通汽车的价格为进口到岸价格 +20% 的关税 + 附加注册费,请注意,这个附加注册费可能是到岸价格的 100% 哦。虽然说,提价是限制车辆总数的有效方法,但是有钱人实在太多,尤其是新移民。于是,一贯以"公正、平等"著称的新加坡政府又想出新招,每年以 3% 甚至更少的指标对社会公开招投标。谁有运气中标,才有权利买车。当然,有了这辆车,别以为就可以随时随地兜风了,你还得遵守错峰限流的规定,所有的车辆凡是上了高速公路,或是标记着 ERS 标识的通道,都得乖乖地遵守约定——交钱。一辆车从进口到岸到驶上马路,必须具备这么几个条件——经济能力、运气以及交通素质。正因为这一点,我们站在高楼上,或坐在大巴上,都能对绿色中流淌的车流,产生乐符的美感。

因此,尽管处在"世界的十字路口",正像高更的油画《我们从哪里来?

我们是谁？我们往哪里去？》所演绎的，这直指人心灵的哲学三问，对我们也亮出了新的问号，那就是我们何时才能与这个岛国的居民一样，朝着一个特定的方向，不约而同地一起坚守？

味道之美

——新加坡漫记之三

在我有限的人生经历中，如果说非要有一道菜品能让人灵魂颤抖，那肯定非位于新加坡东海岸的黑椒蟹莫属了。

培训首日，新加坡新华国际教育集团的总经理徐静女士就设宴为我们洗尘。欢迎晚宴设在海鲜市场一家具有西方情调的餐馆。菜品有着典型的新加坡多元文化色彩。每一道菜上来，都会让我们惊呼，不单是因为它的名字的异域性，更在于菜的来源——都是进口的。我们在品尝精美的同时，也仿佛在咀嚼异国的文化。大快朵颐之际，心头拂过的竟是一国又一国的风景。

菜的次序，有点铺陈的味道。先是焖大虾，匀称而健美，颜色是经典的红，一上桌就能抓住所有人的视线，调动共进晚餐的所有人的味蕾，令人满嘴生津。壳剥落在碟子里，也红中带粉，布满光泽，仿佛是餐桌上的一个行为艺术品。"马来风光"上来的时候，不起眼，也就是空心菜加些香料而已，但举毛利箸入口却满腔海腥，仿佛海风拂过，有种惊艳的美，香味浑厚浓郁而耐人寻味，不禁让你想起老派的电影，确实不辱马来风光之名。"新加坡黑椒蟹"望名生义，其做法类似我们当地的蟹面酱。主料是螃蟹，将黑胡椒粒加盐及其他香料熬制而成的料头，浇淋在地地道道的新加坡海峡盛产的海蟹上，再撒少许香菜。那香菜的新鲜程度，这么说吧，在热气腾腾的黑椒蟹上，这些香菜犹如栽植在黑椒的泥土里，映着黑椒酱里若隐若现的红。那些好似一个个小精灵的黑胡椒粒，使这道菜充满了奇异而浪漫的遐想。如果说本地的蟹面酱是十七八岁的村庄少女，那黑椒蟹则是热带雨林中在舌尖上跳着草裙舞的热辣妙龄女郎。

等到甜点娘惹上来时，有种峰回路转、大珠小珠落玉盘的美感。一款款甜点或淡粉或微黄或玉绿，端庄而纯淡，宛若穿着掐腰短衫落地筒裙的小娘惹。品味着这样的甜点，我不禁想起新加坡内涵丰厚的移民史。培训助教IRIS女士指着其中一款绿如温玉的甜点介绍道，这是由新加坡本土的一种叫斑兰叶的植物汁液做成的。第二天，为了增加我们的感性认识，IRIS特地到小贩中心跟售卖的小贩要一枝斑兰叶根，小贩听说是给中国来的客人的，二话没说，给了她一枝品相上好的。此举此心，博得了大家热烈的掌声。俗话说，抓住一个人的心，首先要抓住他的胃。亚热带雨林国度本身就盛产香料，是上天赐予这些国度的最宝贵也最原始的资源，吸引全球精英或移民或做客于此，这些香料应该也发挥了应有的重要作用吧。

说亚洲美食尽在新加坡一点不为过。所以，新加坡之旅，不尝遍美食，真不能说"到此一游"。被誉为"世界的十字路口"的特定地理位置，多种族性及其饮食文化，食品的安全性以及各有的一套精准的评估体系，使整个亚洲的美食在这里大放异彩。短短数日，当品尝了地道的新加坡风情的美餐，品尝了纯正的日式寿司和刺身，品尝了精美的香港鲍鱼，也品尝了小贩中心5新加坡元一客的便当，肠胃竟起了思乡之念。善解人意的IRIS，把我们安排到了新加坡唐人街——特许保有的华人集聚地牛车水。熙熙攘攘的人群中，川味馆就在名点"美珍香"旁边，光回味那些美味佳肴的名字就够满嘴生津了，辣子煸熏肉、酸辣粉条汤、辣子油焖海鲜豆芽菜……不一而道，足解乡愁。临行前，我们又到这家华人餐馆美餐一顿，也算是对本土家人在他乡打拼的一种慰藉吧。

到一个叫"家"的地方去旅行
——新加坡漫记之四

家,是每个人的故乡,又是每个人的异乡。我们每天都在为这个出发点或者这个归宿忙碌奔波,因人而异,不管经历如何,却都是从心灵出发的。

在新加坡短短几天,说它的美,不是十分的出色,却有着特别的熨帖。在绿树、绿篱、绿顶和绿廊构成的世界里,在一个冷不丁就下一小阵雨的时候,时间突然慢了下来。

这种转换突如其来,有些不可思议,但确实在慢下来的瞬间,我们突然有了回过头来看看生命过程,再对生活进行思考的渴望与冲动。在这个叫"家"的地方旅行,边享受异国风情,边被这个叫"家"的地方一点点打动。

这个由人民行动党执政下的多党制国家,是把"国"落脚到"家"上来建立的,而"家"又是通过对人性的尊重和关怀来体现的。在这个国度里,所有的需要都来自于对人的个性的张扬与发展的尊重,无论它的子民是来自中国、马来西亚还是印度,无论是社会精英还是菜市小贩,民意可以以最快的速度直达政府总理。每一种对民众的关爱,都有相应的规划和制度设计,使得任何一个民众空泛、虚拟甚至仅仅是一种概念的幻想均有据可依、有章可循。

假使我们以一个新加坡人的"家"为一个坐标轴,把它作为每一天的起点或者归宿,无论是早晨出门还是傍晚回家,不管是在东海岸还是远在圣淘沙岛,只要一出门,就有掩蔽于绿色植物之间的有顶回廊把你一直送到公交或地铁站台,不需为没有带伞而担心。因为,亚热带雨林气候使这个国度的天气犹如孩子的脸,忽晴忽阴。这种有顶的回廊不是哪一个阶层或哪一个社区的专利,而是遍及全国的,为全国国民共享。值得一提的是直落布兰雅的空中走廊,就是迎合了一部分居民在树冠上行走的需要而专门设计的一种空中走廊，试想走在近70米高的树冠上，脚底是绿色的世界，呼吸着洁净的空气，是不是会被一种在云端的别样情怀所感动呢？

我们再通过一个社区来体验种族的圆融，这是整个新加坡岛的87个社区当中的一个缩影。飞跃家庭服务中心的执行主任凌展辉边走边介绍，为了从独立之初因种族各自为政形成的纷扰中走出来，每个社区在建设之初，政府就以法令对各种族人口的居住比例进行了硬性规定，并对整个社区进行系统规划，确保其实施均能契合社区居民在"家"生活的所有需要。凌先生曾经是一名会计师，本着对社区工作的热爱，放弃专业，20年多年来一直以飞跃这个慈善团体为平台热心地为社区居民服务，被尊为基层领袖。就在造访榜鹅社区当日，我们看到《联合早报》上前总理为他颁奖的大幅照片，以及好几个老人看见他边笑着打招呼边在社区义工的指导下做着简单的运动，那些笑容，单纯而可爱，让我们对这个"家庭"的每一个成员，无论是服务者，还是组织者，或者说是享用者，都由衷充满了敬意。

你看，每七幢楼都用回廊相连，廊上花木葱绿，或垂或挂，自成一隅，冠以专名，这是为了迎合普通居民对居住的心理需要。对于各种族精神信仰的需求，怎么解决呢？在这里，我们可以看到，在一个充满现代气息的住宅区内，移步换景，既能看到有着中国或者印度特色的传统寺庙，也能看到道观或者教堂，以满足不同居民的信仰需求，无论是色彩还是风格，都和而共处，成为一道道独特的风景。一幢幢住宅楼，从外形上来看，有的有阳台，有的则没有，共性的特点却是有着错落有致的不对称美感。我们很惊奇地问流动课堂的老师傅琼花，这位曾在外交部任职8年又辞职的女士不厌其烦地解释，这是因为有的家庭不喜欢阳台，所以在设计时就兼顾了这部分消费心理。而对于一些从农村搬迁过来的居民，为了保存他们对乡村的记忆，施工部门不惜巨资，专门建了一条长达数千米的"芦苇灯"，当夜幕降临时，这1600盏灯在风中摇曳，想想是怎样的一种风情，又是怎样的一种思念与感恩呢？

在一个叫"家"的地方旅行，有着其独特的感受与体验。这种行走，既无在异国他乡的孤独之感，更无在外旅行的疲惫。相反，却有种在地球村庄里与邻人相处的默契与温暖。

第四辑　让鸡毛飞

生活，是人间烟火，也是一地鸡毛，那些鸡毛在飞起的瞬间，才是真实而有张力的。

变脸

打破脑袋也没想到,我的公务员工作的第一天竟然是这样的。

这天早上,阳光灿烂。办事大厅除了几个窗口办事员,空荡荡的,挺冷清。一问,咳,都忙拆迁去了。我正纳着闷呢,一中年男子走过来说:"听说你是新来的公务员,走,我拉个差儿,随我接访去。"

听那口吻,笑意温暖,不怒自威,像是个领导。我懵懵懂懂起身,跟上此人步伐。别看他身型不高,两条腿迈开来闪得人眼花。

一路小跑,到了人民群众接访中心。上来俩小伙子,气喘吁吁地说:"不好了,王主任,他们爷儿俩不在这儿,往行政楼那儿跑了。"

王主任一听,脸一下子煞白煞白的,连忙说:"疯了,真是疯了,赶紧回头。"

"没脑子,回头找你们算账。"王主任先前的弥勒佛样儿不见了,换成了黑无常,瞬间变脸,我暗自咋舌。

一口气上了五楼,进了会议室。

有俩人坐在靠窗那儿。老爷子八十多岁了,满头银发,耷拉着个眼皮儿,看不出表情。女的四十多岁,一脸精干利索劲儿,不停地在那摆弄手机。那女人一见我们进来,立马把椅子一拖,飞快地趴到窗台上,左脚支着椅子,右腿跨上窗台,大半个身子探到窗外,歇斯底里地号叫:"王大发,今天不把我的事儿解决了,我就从这里跳下去。"

我的一颗心一下子跳到了嗓子眼儿,刚刚一口气奔到五楼,两腿肚直抽着筋,眼前这一幕让我感到嘴里满是血腥味儿。

王主任冷静地站在那儿,说:"你别犯傻,谈事儿归谈事儿,搞这干吗?"

那女人冷笑道:"今天,不把事儿解决了,我真的跳下去。"

老头儿两手左右直抖,嘴角哆嗦个不停,典型一帕金森患者。王大发上前，握住老头的手说："老爷子坐下来，不要怕，我倒不信你姑娘当着你的面，今天就真的把你给扔下不管。"老人用他白花花的脑袋抵着王主任的胸直作揖："你们就加点儿好不好，我这姑娘性子急，他们家庭困难，还有个瘫在病床上的婆婆，算我求你了。"说着吊着王主任的胳膊就要下跪。

王主任稳稳地托住老头的手，趁势把他挪到旁边的椅子上，同时，两眼睃着那骑在窗上的女人，见她在发呆，就朝我们几个使了使眼色。

说时迟，那时快，王主任一个转身，拦腰抱住骑在窗上的女人，同来的俩小伙一个箭步上前，三人一起把她拖下，惯性使得他们都一块儿跌倒在地上。

女人号叫道："干部打人了，干部打人了。"

老头见状似乎晕倒，王主任上去一把撑住他的后腰，缓缓把他重新安放到椅子上，不停地给他抹着后背顺气儿。一个小伙子蹲在地上，拉着跳楼女人的手臂，另一个小伙子顺势把窗栓拉上。一屋子粗气儿。

"老人家，城市房屋征收政策都是公开公平的，不是你想加点儿我们就能加点儿的事儿。咱们为这事扯了多长时间了？二三十趟了吧？"王主任的脸色变得平和起来。随着他不疾不徐的解释，一声长长的叹息给今天的突发事件画上了一个句号。

我傻瓜似的待在屋里，刚才发生的一切，对我来说像个突如其来的梦。瞬间发生，瞬间又灭掉，好像从来没有发生过似的。

"对了，你叫啥名字啊？"目送那俩上访的远去，老王若有所思边走边与我聊天儿。

"郑方形。"我腼腆道。

"呵呵，型男哪。"老王背着手，身板挺得笔直，他那口吻轻松得像没事人似的。踩在地上，我的俩腿更像两坨棉花，虚虚的，用不上劲儿。

"别这怂样儿。"他一眼看穿我的心思，朝我挤挤眼，"我说，型男啊，基层这碗饭，你今天咂巴出啥滋味来了吗？"他笑容可掬，刹那间像我爸。

我回过神来，灵机一动，说："王主任，你今天的救人壮举，这起跳楼未

第四辑 让鸡毛飞 099

遂事件，写成报道，一定很感人。"

没等我说完，王主任的脸又掉了下来："屁，你这脑子够活的啊，这事儿能写吗？你别以为今天把她从窗户上救下来，这事儿就算完了，这八字的那一捺还没写上去呢。这事儿如果捅到上面去，没准儿街道头儿都要挨批，一顺溜儿下来，一大家子都跟着遭罪。"

他拍拍我的肩膀："基层嘛，就这回事儿。"

嗯。

暗恋者车厢

我恋爱了。

暗恋。这一点，让我难以启齿。

对方是招商部部长任小离，长我两岁。"把投资者的资金变成落地项目，拼颜值已不管用，得系统研究产业政策、客商实力和心理。"从我轮岗至她的麾下，她就甩给我一摞书。

这场一个人的恋爱突如其来，像是六月的雨。我每天手不释卷，像是牵着她的手，那上面有她的余香。

本次商务活动，我和另外一个同事随她去哈尔滨洽谈冰雪世界项目，火车把我们与街道分割开来。街道工作像个旋转木马，转到的每一个角度永远新奇。出差就好似踩了急刹车，离心力把我甩离了那个永不停歇的世界。

任小离与同事各睡上卧。我的对面是一个黑面阔腮的人，名贵西服被他随意睡在身下，饱受蹂躏，两条伸出卧铺的长腿让空间更显局促，从进这小卧仓，隆隆鼾声似乎已把他带进一个沉寂的世界。我揣摩着，这是一土豪，还是一逃亡者？卡桑德拉大桥？列车谋杀案？还是周渔的火车？命运把我们四个安排在这一车厢，将会发生什么呢？

"喂，型男，帮我递杯水来啦。"任小离白皙修长的手臂蛇状绵下来，我连忙起身奉上。她顺势摸摸我的头，让我不禁心神荡漾，没准这次商务旅行能让我告别单身狗的生活。

她懒洋洋地对我说："型男，别想歪了，姐是疼你，看你忙前忙后，陀螺似的，才把你带出来开开眼。"我的脸一红，女神啊，莫非懂得读心术？

她敏捷地下来，挨我坐着。我顿时觉得呼吸有点急促，喉咙干涩，气氛变得暧昧而古怪，有点手足无措。

对面的那位醒了，像特朗斯特罗姆那样说的："醒，是从梦中往外跳伞。"

见一美女端坐审视，跳伞者一骨碌地起来。我拧脖看任小离，她耸耸肩。卧仓里缓缓涌动的温馨气流掺了水似的逐渐稀释开来。

"喏，型男，你说，人生像不像这趟列车，总是不停地变轨，变轨？"任小离的眼睛充满了遐想。这与她平常的机敏很不相称，我暗恋她的理由不正在于此？！

跳伞者接过话题："可不是嘛，不管怎么变，却总在轨道以内。轨道嘛，不就是规则与秩序吗？"

我心里诅咒着：大叔啊，为啥不继续你的梦境呢？

任小离迅速上下扫视他，她眼睛里有星火闪烁，只一下，又低垂下眼睑。哼，我晓得她这是在掩饰她的判断。招商秘诀之一，从谈吐和服饰判断一个人的文化素养。

良久，她扑哧一声，笑起来。秘诀之二，交流从微笑开始。

跳伞者用手捋捋头发，也笑起来，牙倒是很白。年纪似乎略长我一些，我没来由地白了任小离一眼。

"同是天涯客哈，女士在哪里公干？"

"我们出差。"我抢过话头。跳伞者朝任小离伸出手，她也伸出手。一握。秘诀之三，从手力可以判断对方是否自信。对方也礼节性地跟我握手，我顿时有超市买一送一之感。

分分钟的工夫，这小卧仓里的气氛由清澈明快变得含糊起来，他们相谈甚欢，这个掠夺者抢占了我的位置，到哈尔滨还有十多个小时，到达目的地之后，我们是否会各自回到应有的轨道呢？我愤恨不已，且坐立不安。

上铺同事这时探出头来，他花白的头发让我莫名快慰，因为他看到我们仨后竟笑逐颜开："三缺一哈，掼蛋，掼蛋。"

告密者

一个男人，让我产生了浓厚的探究兴趣。

如果你浮想联翩，就大错特错了。他，身材高大，衣着整洁，皮鞋锃亮，手上的那只箱包似乎装着无数的秘密。他坐在那里，不发一言。说实话，我被他的矜持与沉默给唬住了。

几个同事看见他，熟视无睹，旋即离开。我把快要脱口的一连串问号生生咽了回去，殷勤地给他端上杯水。

建管办张头儿一回来，男人就慢悠悠地走到他身边。各自落座，熟稔得很。张头儿递烟给他，他连连摆手。我边假意敲打键盘边侧耳倾听，他俩之间有着什么样的默契呢？

"今天来，还是为那事？"张头儿不紧不慢。老相识啊！

"是的，我就是想问问，你们的效率怎么这么低？"这话一出口，就像一只饱满的气球给针戳了，等候时积蓄的忍耐似乎在慢慢往外跑气。噢，天哪！我的手停在键盘上。经历了上次的跳楼未遂事件，我有着条件反射般的紧张。

"又请假来的？"张头儿这么问着，边低头批阅文件。那些文件是我刚整理的，一堆从上面转下来的违章建筑处理通知、下水道堵塞效能督查单、市长公开电话督办垃圾清理事项等，每天如此。

"嗯。"气球已经小了一半的气，但话里头还是有着顽固。

张头儿唰唰写着："谁谁阅处，谁谁抓紧阅处，谁谁阅后报他。"

男人把包搁腿上，打开，拿出一沓文件。

"你看看，张主任，这上面写得清清楚楚，对于违建零容忍。你们这样拖着是啥意思？"气球似乎又在往回鼓了起来。

"呵呵，"张头儿把送到他鼻子底下的文件推回到男人跟前，"型男哪，把我那本拿来。"我搁下报纸，弹射到书柜，把一本厚厚的工具书送上。

"呵呵，我这更全。"他笑着用手指着上面的大字，笑容像棉花糖。

"我不管，你们不给说法，过两天我还会来。"磨叽了半天，男人把文件小心翼翼地收回包里，小声说，"我就不信，你姓张的能撑几天？"

张头儿说："你不就是怕那家是鸡生蛋，蛋生鸡？你当那是新街口，还是南京路？"

"是违章，就得拆。"男人走到门口，仍然是七斤半的鸭子八斤半的嘴——死硬着。

老张仍然笑眯眯地："有空你就来坐坐，咱哥俩唠唠。"

男人悻悻地离去。

"我说，头儿，刚才那位不会把咱们告到效能办去吧？"我担心，上面追责厉害，一不小心，就会中弹，奖金泡汤不谈，那"蜗牛奖"戴谁头上谁都丢不起这人。更何况是违建？

"型男哪，明天你替我跑一趟。"老张吩咐。

标准福尔摩斯和华生的关系嘛，我屁颠屁颠领命。

第二天凌晨，社工领我左拐右转跑到老厂平房区。我晓得任何一座城市都有这样的旮旯地儿，越往里走，不安使我的脚步变得越发迟疑起来。

一平方米见方的天井，主家借邻家屋檐头用旧铝合金扣板和塑料棚搭了个顶，引发上访。

我立在那里，炉膛正红红燃烧着，上面是一口做手抓糙饭的大铁锅，香气扑鼻。

再踮脚仰面朝上，天空瓦蓝一线。

觅食记

"郑方形，郑方形！"声声急唤让我从生死之交的挣扎中慢慢醒来。如此郑重地被叫大名，我罔顾四周，失而复得的存在感。

原来我还活着，叫我的是医生。

让我中枪的是今天早上的包子，想到那长蛇似的队伍，我的本能反应是：完蛋了，又一起集体食物中毒事件。街道是个筐，啥都往里装。这下子又要跟着忙乎了。

我虚弱地躺在病床上，食安办大陈和小陈来看我，我才晓得包子铺被查封，店主被刑事拘留，案情尚在调查中。前阵子我写了篇城市居民早点食安调查报告在区获奖，本来约他们到进口包子铺吃个早茶的，这家环境和口碑一向不错，结果他俩因临时检查逃过一劫。

"哎，我说型男，你一动笔就食物中毒，邪门！你是不是跟那老板有什么过节？"小陈爽直，口没遮拦。我苦笑，本人乃良家型男，与包子铺八辈子打不到一块儿。

"娇嫩，主要是你家的饮食结构太过精细。"大陈笑我。他哪晓得我妈本是工厂食堂大厨，我是在大铁锅里给菜帮子豆腐搅和大的。

小陈从包里抠巴抠巴往外拿东西，我连忙摆手。

一股子油辣子香味儿直冲鼻腔，可恨哪，原来是熏烧卤煮。他又变戏法似的掏出啤酒，就着酒瓶用兰花指拈起肥肠，在我眼前晃晃，说："来一口？小侉子卤菜。忙乎半天，没出人命，就是老天有眼了，我们这些人，苦命。"

油肥的呼啦圈直逼我的眼帘，夸张成一张特写，我强忍住往上泛的胃酸，死死闭上眼睛。早上那半麻醉状态下胃管插进食道的灼烧感，让我整个人再次痉挛起来。

"咱国人的胃，是铜墙铁壁，耐得了腐蚀，禁得住醉。"小陈哑巴哑巴。

"一边喝去。"大陈还算人道,"刚才饿疯了的也是你。"

鉴定结果出来了,原来是食品添加剂和大肠菌群超标。说白了,看似新鲜的肉馅儿,都是给这些玩意儿化妆的,坑爹啊。

纸上谈兵终是空,出院以后,我对那些越惹眼越新鲜的食品越敏感。上网查了鉴别方法,买了测试神器。为了防止遭人打击报复,我专门赶热闹处去,趁人不备,遮遮掩掩下手,用pH试纸、针、磁铁……那段时间,我发现自己像个斗士,像个为食品安全孤独地做着斗争的江湖大侠。如果在商场、超市、菜场看到戴压檐帽和墨镜、身着长衫这样行头的,不是像我这样对食品安全有着极度紧张和压迫感的人,就是小偷了。

终于有一天,大陈和小陈又好气又好笑地来派出所接我。我是给肉案子老板娘扭送过来的,她见我鬼鬼祟祟,怀疑我在她的猪肉上搞破坏,放下屠刀,一把拿下。

小陈一脸鄙视,说我"有病"。

大陈也笑我学生腔,给我上了一堂察其形、嗅其味、听其音、摸其感、顺其时的食品鉴别课。"职业打假不是简而谈之的,食品药品包罗万象,哪一样都需要知识储备。你这孤胆英雄,不可取啊。"

我钦佩不已,高人也。

风波过去,我贼心不死,努力克制打假治劣冲动,宅在家里上网。功夫不负有心人,我终于发现了一个特别环保的方式。大半个月后,我家阳台上几盆观赏性可食用有机蔬菜绿意盎然,青翠可人。

我拍了一组图片在微信朋友圈晒出,一时间大家纷纷点赞。小陈给我发了个表情,笑得很邪恶:"型男,你是不是还准备在床底下养头猪?"

第三只眼

派出所把我安排在监控室，我像蹦极一样从高峰落下，情绪一下子跌到谷底。

能和其他搞刑侦的干警一起真刀实枪地工作，是我的梦想。如今事与愿违了。

城关街道地处市中心，重点公共场所、所有道路节点和小区尽收眼底。这些拼接在一起的视频就是一个方方正正的小世界，坐在这十来平方米的监控室，我有种偷浮于世的不真切感，就像是被抛在这秩序以外的一个粒子。

和我一块儿的是小林警官，此君与我同年毕业。我俩和另外两人每天的任务就是目不转睛地盯着视频，随手记录，发现情况立即处置，两班倒。我有些瞧不起小林，说实话，警院毕业来这区区斗室，纯属废柴一枚。

"你不去拍电影，窝在这里，真是浪费。"我两眼酸胀，整天想着就地卧倒，于是跟小林搭讪。这小子干净白皙，宋仲基式的小鲜肉。

"这社会面监控比电影精彩多了，大家都叫你型男？"他看都没看我，只是来回睃着那几十块视频，两手不停地画着一些奇怪的数字与符号。

"没错。《虎胆龙威》，欧美警匪片，经典又卖座，看了没？"

"看了。那只是冰山一角。与看电影相比，你瞧瞧，这些才更考验脑力。"他目光如炬，我顺眼看过去，呵呵，十字路口两车相撞后引发的一连串骚乱；一伙子小年轻在KTV门前呼朋引伴、勾肩搭背；公交车车窗上闪烁的人头；西瓜小贩与城管捉迷藏；几个尾随者盯着一个曼妙的身影；一男一女在某小区入口处迟疑的脚步……晃动的人影被视频压缩成扁平状，我像是在看无声电影。我看他将视线锁定在一个承租屋集中区，放大了看，依稀是一间出租屋，了无人影。

"偷窥是不道德的行为。"我不以为然。

"侦察是法律授予的权利。"从侧面看，这家伙的鼻子勾勒出他性格的大致轮廓。他的鼻翼在微微翕动，这是神经末梢兴奋的表现。我自鸣得意，大学里我修的是心理学。

"这是什么？"我指着他面前的一条蚯蚓式的线条。同一个出租屋，难道他发现了什么蛛丝马迹？

他笑而不答，我吹吹口哨，心里暗暗鄙视这个有着轻度职业病的家伙。

城市的昼夜分明，在我们的瞳孔里也有着极大的不同，夜间视频让我们被动地看到了许多不应看到的场景，也捕捉到了许多破案的先机，有用竹竿从窗户挑了人家衣物的，有当蜘蛛人攀爬进房间偷盗钱财的。当晚，同样是那间出租屋，一个男人裸体在屋内走动，那可能是因为夏夜炎热，但是当另外一个不同性别的裸体出现时，我抑制住兴奋，隐约感到有故事要发生。

天哪，难道是超级震撼大片？

尽管隔了层窗纱，视线有些模糊，林警官仍死死盯着那个裸体女人，当一道寒光在她身后乍现，他当即通过指挥平台发出出警信号。我斜睨了一眼他描绘的曲线图，这是他连续观察和曲线描述的第七天。

灯光将城市的夜装点得分外魅惑，我屏住呼吸，全身肌肉紧张，脖子僵硬地梗着，忍住要撩开面纱的冲动，死死地盯住这一块视频。监控室内只有我们俩急促的呼吸。

就在那女人向男人发起攻击时，突然响起了急促的敲门声。

从犯罪动机看，夜是犯罪者的同谋，它为犯罪掩饰了太多的真相。社会面的防范，电子眼发挥的是记录与保存作用。小林警官所画的曲线图就是对电子眼在同一时段所发生事件的特征概述，由此判断出治安案件的趋势。他是本年度警院研究生毕业的读图高手。

我真的是心悦诚服。

饺面西施

"不，不好了，大姐大来了。"小李气喘吁吁地奔上楼来，拆迁指挥部办公室内的气氛立马凝固起来。

"莫慌，莫慌。"指挥长正对着拆迁规划红线图，上面画了红的蓝的几个颜色的圈圈，他正与几个同事盘算着从哪里撕开口子。

我对着小李用下巴朝指挥长努努嘴，小李会意。这个地块的拆迁，已经几进几出走了几个回合。上面要进度，下面又铁板一块，街道是风箱里的耗子——两头受气。这次再不妥善处置好，里里外外都没法交代。

我眼睛瞄着窗外，朝小李努努嘴巴。

他的头摇得拨浪鼓似的，对我两手正反连续摆弄了几次。

"你们俩小子在捣鼓啥？打哑谜啊？"指挥长转过身，笑着说。他的面色有些焦黄，头发乱蓬蓬地，胡子拉碴，衬衫领子上浮着一层工地上的灰尘蒙着的老油垢，明显他们几个已经几夜没合眼了。

"没啥，没啥。"小李连连摆手。

"还没啥，这人都上来了，你们俩还跟我躲猫猫。"果然，他话音未落，门砰的一声给踹开了。

一个浑身肉打滚的半老女人从门外挤进来，从头到脚，除了一张白而鼓胀的脸，上上下下找不到一处空白的地方，一色儿的红花绿叶，从上衣，到萝卜裤，再到绣花鞋。随着参差不齐的脚步声，门内、楼梯上下站满了黑西装、戴墨镜的小青年。

"哪个是指挥长？出来，跟老娘会会。"女人涂满口红的嘴唇一张一翕，声音是嘶哑而冰冷的。

我的头脑里快速闪过港台片里黑帮打斗的场景，心里既紧张又兴奋，拳头握得紧紧的。我斜了眼小李，他的腮帮已经陷了下去，想必是咬着牙关的原因，额角的青筋小蛇般抖动。其他几个同事站立一旁，背是直的。

虽是黑压压地站了一屋子，但是却静得出奇。

一触即发。

指挥长不慌不忙地走到屋当中的沙发上，"咣当"一声，慢悠悠地点燃香烟，随即用手左右挥挥把火摇灭，"嘿嘿"两声，突然笑了起来。

女人的声音有些迟疑："你，就是指挥长？"气焰顿时像淋了雨似的，火是点不着了，光冒烟。

"型男，小李，拿椅子来。"我俩飞毛腿一般，心情大悦。姜，果然是老的辣。

花大姐满屁股坐下来，那些黑装青年簇拥在她周围。

"这位大姐，你不认识我，我可很了解你啊。当年在老电影院门口，饺面馄饨卖了二十年，人称饺面西施。为抢夜市地盘，砍伤两人，自己两只手的手筋差点被人挑断。'进修'十年，现在回归社会，做正经办公耗材生意，政府还让你享受重残低保。对，还是不对？"

饺面西施脸上飞起红云："敢情指挥长还记得我这个饺面西施，想当年，我的摊头排队都排到了对面马路，城里头的小青年谈对象，看夜场电影的，溜旱冰的，跳舞的，没一个不曾吃过我的饺面馄饨，我也是有贡献的人啊。"

指挥长笑笑："今天，你是到咱这里拍电影？还是……"

"拍什么电影啊，瞧我这身肉，上了镜头，还不把摄像机爆屏。"饺面西施脸上的肉伴着她的话音不停地动着，粉渣儿往下掉。

"不拍电影啊？我也这么想呢。别人看起来以为是拍警匪片呢。"指挥长掏出他的老玉溪香烟，弹出一根，递给饺面西施。

涂满大红指甲油的肥厚手指夹住香烟，心领神会，朝身边的一个黑西装耳语一番，分把钟的工夫，一群人很快从楼里撤出，我趴在窗口，他们的背影很快消失。

我和小李相视一笑，站在饺面西施身后不远处，朝指挥长竖起大拇指。

后续谈判在这里不再赘述了，总之，打那以后，一切都顺了起来。有句话悄悄地告诉你,饺面西施专门把我们几个请到她家吃手工馄饨。看着她不再灵活的双手卖力地擀着面皮儿,我的心里说不出是什么滋味。但是那天,我发现,她是素颜出场,指甲上一星儿颜色也没有。

广场舞

唉，这噪音扰民究竟何时了。

起因是两支广场舞大妈队伍为抢地盘，双方把音响都调至最高，四周居民纷纷拨打市长热线投诉。

所在社区居委会接令负责调解，我当仁不让担纲书记员。

两边领头的都显得年轻时尚，社区书记呵呵笑着，一边王姐一边李姐地招呼着。两位姐各自拧着脖子抱臂坐着，不发一言。

"两位都是对咱们社区文化有贡献的人啊，这么干坐着做什么呢？咱们打开窗户说亮话，有什么想法你们都倒出来。"社区书记笑着说。

"我们这一队在这多少年了，谁的来头这么大，一来就把我们一脚踹开？"王姐的脸，与这大伏天形成强烈反差。

"书记，你评评理呀，广场是不是公共场所？是的话就不应由哪个人占着。谁的队伍不是队伍啊？"李姐说着，两眼顾盼生辉。

"公共场所？公共汽车是不是公共场所？是的话也应该讲究个先来后到，对不对？不买票就上车，当然得往下赶了。"王姐的薄唇像两片刀片。

"有的人讲话可要注意文明，别打着文明的旗号做着不文明的事情。"李姐反唇相讥。

"说谁啦？说谁啦？什么不文明的事情，你给老娘说清楚。"王姐坐不住了，起身要扇对方，给书记和我一把拦住。

"占山为王，土匪才干的活儿。"李姐稳稳坐着。

"别往自个儿脸上贴金了，男人在外面搞腐败，你以为你还是正宫娘娘？"王姐冷笑。

李姐一听这话脸上挂不住了，面色绯红扑向王姐，双方你撕我扯，纠成一团。我和书记上去好不容易才把她俩扒开。

广场舞，除了舞蹈编排艺术、表现形式本身，还有队员身材、颜值以及社交能力的较量。总之，作为社会群体中的一个小小的组成部分，她们有特有的生存法则。本来两人谦让一番就可以解决的事情，却愈演愈烈，由公愤转向了私仇，调解不欢而散。

事后，我问书记怎么处理，书记却说，这事儿不需要处理，广场舞生生不息，放心，她们会自动调节的。

好吧，型男我且拭目以待。

噪声的"噪"字，来自于众口铄金，话多必噪，言多必伤。稍稍留意，城市的声音看似杂乱无章，内部却有着严谨的秩序。早晨，唤醒城市的不是鸡啼，而是小贩的叫卖，车轮从马路上急驰而过的声音，晨练的音响，广场舞大妈的斗舞，商场的招揽音乐，健身美容会所的口令，地摊的吆喝，烤羊肉串与油爆花蛤的声音，施工场地的噪音……声音混杂气味，还有与之俱来的矛盾纠纷。喧哗，充满了种种欲望与不安。

果然，这场风波过后，广场上稍稍太平了一段时间。

仅仅过了三天，音乐重新响起，两位姐仍是高昂着漂亮的脖子，翩翩起舞。划分时段，各自割据一方，互不干扰，却又暗自较劲。

生活还在继续。

说实在的，这些天，我跟着头儿们到处救火队一样地处理各种因声音引发的事端，当深陷城市的声音旋涡，各种喧嚣之声将我淹没，更是加深了我对田园天籁的满腹追忆。这个白晃晃的大伏天，应该是在家乡的凉匾里躺着小憩，卧听蝉鸣之时，从农村费尽周折考上大学，再皓首穷经考上城市的公务员，原以为能以城市人的生活方式活着，每天奔波劳顿特别是鸡毛蒜皮的小事却让我下意识地跌进了一个看不见的深井当中，疲惫无望。

我的耳朵里是各种声音，而且这些声音已经从耳外延伸至我的内心，我不晓得这算不算一种病。

淡定，淡定，呼气，吸气，我不停地做着深呼吸。

书记问："郑方形，你在干吗？"

我灵机一动："练功，练功！"

头儿莫二

头一次看他们在烈日下挥汗如雨地集体劳动，我有种荒诞不经的隔世感。

每一座城市都有一些众所周知的秘密，光鲜明亮的高楼大厦与摇摇欲坠的棚户区，宽敞得可以跑马的车道与逼仄拥堵的一人巷，衣着体面的人与不修边幅的路边农民工，小资情调的慢咖馆和大汗淋漓端着碗在吸溜着面条的面摊儿，如此这般，如果要论一座城市的丰富性与多样性，必定要有这样的比较。更耐人寻味的是，突然乾坤发生大转移，人生有了颠覆性的变化，正如他们。

他们中，有的很认真，蹲在地上用手消灭地上的杂草，近乎苛刻，一根不留。有的对着大马路上来往的人群特别是夏天骑车风一样飘过的女孩子出神，眼睛里的神采像流星，稍纵即逝。还有的拿着扫帚东一下西一下，胡乱对付着地面上偶尔飞过的纸屑。有的始终低着头，脸面都遮挡得严严实实。

劳动对他们来说，有的是制度执行，有的是修炼，有的是混日子，用这种方式表达各种需要的存在。

"莫二，今天分数逐一打好，回头到哥那儿吃绿豆汤。"区书记老丁说完便忙乎去了。

叫莫二的圆脸黑肤，笑得很天真，一口看不清底色的黑牙有着牙刷猛烈刷洗的痕迹。若干年前，他倒腾一切可以倒腾的物资发了横财，抵挡不住毒品诱惑，终于妻离子散，接受强制戒毒后经常在居委会听候差遣。在莫二眼里，他们是一群接受改造的社区矫正对象，他因切肤之痛成为活教材。在我心中，他们的故事吸引着我，引发我的思考，也让我发笑。因为，以我有限的纯洁的人生来看，他们像一个个谜。莫二很健谈，只要给他续上烟，他就像个故事篓子，一个劲儿地往外倒，他们的来历、发家史，他们的戏剧性混乱的人生，还有他们的绰号。

"别看他们摆谱，其实特脆弱。瓷瓶？他们就像这个。敏感多疑，抗挫折与抗打击能力以及抗其他精神刺激的能力都比较弱，家庭冷遇、社会歧视、工作问题、经济问题等。呵呵，我总算是挺过来了。"

其他人不置可否地盯着莫二。

"莫二，你小子现在可以做教授了。"有人调侃。

莫二受到的优待，他们有的不屑一顾，但多数人艳羡。居委会的权力对他们这些等着鉴定表现的人来说至关重要，好的话可以提前结束缓刑，不好的话可以按期收监。说到底，社区组织的劳动或者学习，就像个分水岭。坑蒙拐骗抢劫，卖淫嫖娼吸毒，莫二在他们中间有着特殊的优越感。这种感觉每每在集体劳动时就会显露出来，他一个五十开外的人在一堆人中间年龄偏大，只是因为走了岔道，对社会的危害性不如他们大，也没给别人或别的家庭造成经济或道德方面的压力，所以他在他们面前是轻松的，加之有过辉煌的创业史，所以社区老丁书记选择他任头儿。

烈日当午，忽然一个骨瘦如柴的年轻人扑通一声倒在地上，莫二上前将他抱到树荫下，原来是刚送来戒毒的。掐人中，不行。莫二口对口进行人工呼吸，悠悠醒转过来，一把拖住莫二的裤腿，竟然扑通一声跪倒在地，涕泪交加，不住地朝莫二磕头作揖。莫二一看便知是毒瘾发作，死死抓住他的手。

"你让老子戒毒，我不干，那可真他妈的生不如死！"那小子见莫二不为所动，又故技重演，膝行到我面前。他那张可怜巴巴的脸化成了追打着年迈父母要养老钱买面儿的身影，他跟屁虫一样混迹酒吧与KTV的猥琐。想起莫二跟我说过的这些，真恶心，我一把推开他。

莫二一巴掌扇到他脸上："疼不疼？"

那小子像抽了筋的烂蛇，捂着脸不明所以地看着莫二，过后点点头。

"戒毒戒不死人，你小子死不悔改，再吸下去，你才会死。"莫二凶神恶煞，转身对着围观的这群人，"瞅空卖呆不如老实干活去，做人都没个人样，还混什么社会？迟早被踢出局。"

众人作鸟兽散，继续劳动。

现场

先是涝，再是旱。

撸干汗水继续干。

这个月，我就没能睡上一个好觉，每天像加里森敢死队一样随着头儿奔赴各个现场。呵呵，真的是现场。

天似乎也任性了，没完没了的雨，肆无忌惮地冲刷着整个世界，下着下着就淹了。面对灾害，政府与社会各界齐心协力，坚守与忍耐，与灾害做着抗衡。电视画面，各种新媒体，都齐刷刷地将镜头聚焦正能量。我们也从中及时汲取精神滋养。因为，我们处在最前沿。可能镜头里不一定有我。但是，从救援人员身上，我们也看到了我们自己。我的吉利车后备厢内放着各种高筒雨靴、分体式雨衣和可呼救手电，这些应急装备说实话给了我们莫大的精神鼓励，穿上与不穿上它们，心理体验与责任感是绝不相同的。最大号的雨靴是我们办事处头儿的，最小号的是几个女性同事的。在处置突发事件中，没有性别与男女老少之分。今天我所记载的不是在灾害中的那些正能量，相反，一些另类的现场更会让读者对街道办产生更为全面的印象。并且，这些另类灾害不得不让人警醒。

某国际社区，一帮人以派对的名义聚众吸食冰毒，社区民警和居委会干部接到线报进屋时，几个红、白、黄的脑袋挤在一起趴在抽水马桶上干呕，企图毁灭证据，几个姑娘像是被惊飞的小鸟一样到处乱躲，慌不择路。添堵！

二号主干道，两辆涉水前行的汽车相撞了，所幸人员无碍，但僵持不下，最终发动机全闷进水里，哑了。车是，人也是。认栽！这事，本来仅属交通事故，关键是涉水车经过改装，摇身一变，重新进入市场。才上路，就出了事。标准的多米诺骨牌效应！

月季小区化粪池满溢，倒灌进数家厨房，纠纷四起，物业招架不住，办事处大门给封了。专业本能驱使我从源头查起，结果，哎呀妈呀，下水管道管径偏小，沉淀池不足数，开发商的良心经大雨这么一冲刷，全部赤裸裸。

一个蹒跚的身影已经是连续十多天到办事处接访中心了，某个融资机构吞了其一辈子的积蓄之后玩人间消失。他手里握着的借款合同，已经给不知是雨水还是汗水糊得看不清字迹。每次见到这个老人，我们都想绕开。但脚步还是顺从良心，我们用陪伴安慰这个不幸的老人。

现场即真相，真相有时并不在现场。

我时而愤怒，时而亢奋，像患了冷热病一样。写完以上手记，信步走到滨河绿地，坐在长椅上仰望星空。树叶在我头顶上沙沙作响，从树叶与枝杈的缝隙中，我看见天空的高远与神秘，在那不见尽头的夜空里隐约浮动。护城河在星空下显示出它浪漫而风情的一面。谁曾想到，水的世界，我们嬉戏时曾经感受到它的轻柔与洁净，暴虐时却发现它是如此神秘而狰狞，可干旱时一滴水都是一个菩提。我的呼吸逐渐自由顺畅，喘不过气来的压抑感，随着风中悸动的声音消失殆尽。

手机提示我，微信圈又在不停召唤我了。他们那些晒幸福、晒健身、晒饭局、晒鸡汤的小样儿，期待我的参与与共鸣。

假如我有一根魔法棒

老太太在我们办事处机关大门口探头探脑，已经半天。她衣着体面，虽已高龄，见人却有羞涩腼腆之态。我的办公室对着大门，她焦躁不安且欲言又止的复杂心态被我尽收眼底。

连续几天，她都保持着这个神态。

我下意识地朝大门外看。太阳炙烤着大地，门口空无一人。最近，我圆满完成到各科室站所实践锻炼的任务，重新回到办公室，负责信息工作。从本来不关联的事件当中找到隐藏的线索，把它们变成揭露反映类的信息，年终考核加分会更多。我使出浑身解数，上网搜索，上自宏观大局，下到社情民意，在各类材料中皓首穷经。老太太的身影没有出现让我心里有些惴惴不安。

某小区快报说，一个退休的老医生在家上吊自杀，原因是毕生积蓄被某境外网络公司诈骗一空。快报后面附的是一个老人的照片以及遗书复印件。

果然是她，那个有着羞涩腼腆之态的老太太。我一拳砸在桌上，茶杯吓得跳将起来，同事骂我"真是，神经二条"。

如果我有一根魔法棒，我一定会在她上当前对着她的后脑勺狠狠敲上一记。这个想法固然有些天真，但是一看到又有人砸进全部家当，我就会产生这样的怪异念头。

这段时间，在街道机关出现了若干不应该看到的脸。当然，脸都是有个性的。通常来讲，被骗往往与无知、浅薄、利欲熏心等字眼画上等号。任何一个人在上当之前，都不会承认自己与这些字眼儿有关联。相反，他们自诩为精明的典范，找到了一条轻松赚大钱的渠道。自投罗网，乐此不疲。

是什么在牵引他们一步步迈向深渊？我苦苦思索，无从下笔。

派出所的季度报表，抓住了我的眼球。偷盗、涉黄、赌博、抢劫、诈骗、纠纷六大类中，涉黄、赌博持平，纠纷、偷盗与抢劫三项有下降趋势。诈骗类的案件增幅突破了个位数。

我顿时如获至宝，跑到派出所调阅资料，没想到当值警官不买我的账，说什么案情资料任何个人无权调阅。这小子，就是前段时间在监控室里破了裸女案的技侦男。我死缠烂打，直到拨通他们头儿的电话，这小子才开了绿灯，说："只许阅读，不许摘抄复印。"一脸呆萌。

卷宗不少，半天看下来，两眼酸涩，种种骗局，不禁哑然。就说保健品推销吧，专卖店的售卖相当于是良家妇女的正经八百，但如果是一辆开往美国免费参观深海鱼油基地的专车，那买保健品的人无疑就是一群主动送宰的羔羊，乖乖爬进圈里给人家剪去羊毛，还嚷嚷着舒服舒服。最没技术含量的是网络诈骗，今天投钱进去，明天吐利息给你，投得越多，真金白银唾手可得，直到某天网上销户，肉包子打狗——有去无回。稍微高级点的，引导参与产业投资，一般都是某老板在大西北拥有一座山，矿藏丰富。山是真的，矿也是真的，稀有矿石也是真的，眼见他富可敌国，投资者争先恐后，斥巨资参股，持矿者旋即逃之夭夭，人间蒸发。所有的真实构成了惊天谎言，开山采矿与提炼稀有矿石的成本够再添置上两座崇山峻岭了。背后的恐慌可想而知。

骗术的转换，有的以信任为前提，有的以利益为诱饵。我在想，古代的那位智者，他稳坐钓鱼台，有线，无钩，只等愿者上钩。我真想把他的鱼竿变成哈利·波特的魔法棒，主任说："别痴人说梦了，我只愿你的信息能发挥魔法棒的效果。"

神秘来信

历史真的让人沉重与压抑吗？答案似是而非，又不置可否。

总之，这几天，无论是网络，还是现实，两个世界如此喧闹不堪，我倒似个夹在中间的棉花糖，被挤得变了形。这一周，日本投降日，里约奥运夺金，傅园慧的表情包，似乎也敌不过宝马离婚案所点燃的国民热情。某同事促狭地调侃了几句。

我白他一眼，见他貌似两鬓已斑斑，把一声长叹硬生生憋回，变成了绵绵下气。粘在电脑页面上的即时贴，一大早来，已经密密麻麻写满了待办事项。已校对文件，画杠销号；已阅办公文，画杠销号；报送信息，画杠销号；市长信箱督办事项、效能督查件等，这些挂着的问号，像大秤砣沉甸甸地压在我的心上。不以洪荒之力，怎能赢得冒号的认可？

电话铃响了，我定睛一看，原来说曹操曹操到。

冒号把我带到冒号的立方那里，一路上，我在头脑里做了N次被立方设问的预案。以我这样的小人物，与立方直接接触，机会并不多。

立方是个博士，上面机关下来补课的，据说回头很快就会升职。

他戴着黑框眼镜，使我想起我的中学数学老师。

"你就是郑方形啊？不错，不错，作为一个新同志，前段时间几件事情协助处理得不错！"立方开口，质朴热忱。我在他的表扬中努力抑制住太阳穴的突突之声。如此这般，必是伏笔。

立方端详了我半天，我在半路上设想的情景问答全部被他强大的磁场搅乱了。

"今天请你们主任带你来，是有项特殊的任务交给你。"立方微笑着说。

果然。

"办事处最近接触了一个客商，如果洽谈成功，全年就有了扛鼎之作。"

我不会喝酒，不懂谈判技巧，更不会与客商周旋，我心如明镜，这样的项目岂能交给我这样一个乳臭未干的小青年？我刚想摆手，但立方的黑框眼镜像能透视我的心理，他说："型男。"听到这个称呼，我紧绷的神经立马松弛下来。

"你不用担心，洽谈有专人负责，你只要做好一件事，陪伴客商。"我的神经又反弹起来，陪伴？何意？

"这里有一封信，你回去读完就会明白，相信你一定会圆满完成任务。"

信封是考究的，英汉双译，繁体，工整，但劲道似乎不够，落笔之处有颤抖之痕。"莫非是个老人，侨胞？"我疑惑地问。

立方和冒号相视一笑。呜呼，壮哉！我也似傅园慧一般，用我特有的神情包，印证了他们对我的揣测。

以下是这封信的内容：

书记先生台启：

  阁下诚意收悉！余一已孱弱之身，本无力回报乡梓。承蒙不弃，数次来信嘘寒问暖，游子心动，思乡情切，竟夜不能寐。余在异国多年，苦心经营，财富累加终不敌乡愁之痛。叹当年，九人立誓永世不见余。余下月启程，恐有朝一日得以遇见九人或之一，惶惑之心愈加惶惑！

老叹
揖之

字字咀嚼，情感复杂难测，九个立誓不见的人？见，抑或不见，都是课题。老叹果然高人，悬念驱使我连夜翻查他的档案资料。

绿色铁皮柜

一张发黄的纸片，一份户口被注销的证明。此刻，这张纸对于我来说，已经超过事实本身。这个事实不是说明一个人的消逝，关键在于给了我一个线头。

纸片上写着"金老叹"三字。

落款时间是一九六七年，迄今为止刚好五十年。红色的戳子已经失去其应有的震惊与威慑，像一只被拔了牙的老虎，在这张灰蒙蒙的纸片上无奈地显出一点余威与伤感。

横空出世的这个宝贝，是清理杂物间时从一个锈迹斑斑的铁皮柜子里翻出来的。与之一同出现的，还有几枚被一层层油纸袋包着的毛主席像章。铁皮柜是我从二手市场买回来做书橱用的，我的单身狗般的蜗居里摆满了书，上次女友来我这里，是被我一时性起拦腰搂起从书堆上抱过去的。抱了几次，女友说，新鲜的爱情体验要有实实在在的空间支撑，要求我从偌大的精神空间里释放能量，回归正常的物理空间。阿里研究院的教授讲过时间盈余与空间盈余理论，我在笔记本上也认认真真地画过">""<"和"="。画来画去，得到的横竖是个悖论，因为本人裤兜里没银子。我充分理解女友所谓的物理空间是何内涵，她是个理科生，做爱被她含蓄地说成空间，抱得美人归，买个二手柜解决一下眼前的问题迫在眉睫。

开柜有喜，老天有眼。我把老人家头像紧贴胸前，以表达我的敬畏之情。

自从立方大人把这个特殊的任务交给我，我就心事重重，从开始力促招商任务的完成，到完成一个老人的夙愿，我的情感占了理智的上风，加之老叹的来信无疑是副药引子，它引诱我朝着某个方向奋力向前，虽然这听上去有点不着边际。我查阅他的档案资料获取的有限信息，本不足以支撑海底捞针的信心。因为，查了快一个月，一无所获，没有任何迹象可以证明，老叹曾在我们这里活过。

直到这个纸片出现。

一个人的户口如果被注销，原因只能是一个，就是死亡。

然而，被注销证明宣布死亡的人如今体面地活在地球的另一端，他甚至不知道自己已经被注销，目前对活着的理解仅仅是在与九个人的昔日记忆中纠缠不清。我在纸片上画了无数个问号，把老叹一生的经历进行了N次假设，结论是无法抽出那根线索的纱头，这一系列的假设只能使我的头绪更加陷入死结。

我仔细端详着这张有些发黄的小纸头，纸质因长时间未经日照已经有些风化，抓在手里有些孱弱得不堪一击的样子，字迹是钢笔写的，字体有些歪斜，类似于启蒙阶段的孩子的笔迹，从另外一个角度显出认真来。那些拖得或长或短的歪斜的字，像是在我前行的路上伸出的一只脚，勾引我，以另外一种启示引导我、催促我去探求真相。

那么，写下这个证明的人是谁呢？他又是受谁的委托写下这个证明的呢？是老叹身边的人，还是写证明的人本来就在老叹身边？

抑或，写证明的就是老叹本人？那么欲盖弥彰的本意又是什么呢？

一九六七年，呵呵，在这个时间二十多年以后才出生的我，对这个时间的概念根本无从感受。生命的体验告诉我，活过的日子才是自己的，其他皆为白云苍狗。就像，老叹与我，他把那封信往立方大人那一寄，我的生命之极就立即与他有了贯通，他和我也就有了莫名的交集。

那张纸片被我捏在手里，我死死地盯着它，上面的字，在我面前挣扎着似乎要起身活化起来，仿佛要告诉我某个不可告人的秘密，我举着纸头兴奋地在屋内团团瞎转，倏地闪过一道灵光。

难道死去的另有其人，而客商金老叹不过是冒用了他的姓名？那客商金老叹的真身是谁？

那一个被冒了号的又是谁呢？

惊天秘密

金老叹先生要回国考察的消息，让办事处上下兴奋异常。规划认可，土地指标，还有环保认证，一切都在有序向前推进。金先生此次回国，名义上是做最后一次项目论证，其实，做这一行的都知道，大局已定，老先生回来实际上是寻根。他的微电子产业王国使我们街道办光芒四射，市委会议已将之纳入来年十大新开工项目。立方大人已经市委组织部考察，提拔指日可待。就连我们的招商姐任小离最近也是粉面云腮，一副交了桃花运的喜人景象。更别说接待组的各位，更是小腿绷得笔直。

想到立方大人交代给我的特殊任务，至今还未能打开缺口，金老叹的身世竟像一只尘封的古董箱，开启它的密码钥匙在哪儿，我无从下手。

女友小凡见我忧心如焚，运用仿真学思维为我做了大量的案头工作。研究金老叹的企业，并由此按图索骥，追溯企业的创办人。为此，她还建了一个专门的数据模型。真是难以置信，除了政府层面的接待，我们二人组合的追踪，还有什么人对金老叹先生兴趣盎然呢？还有，立方大人为何要把这个特殊的任务交给我这么一个毛头小伙子呢？交给公安，他们的手段、装备与技术都足以在短时间内给他标准答案。为什么要这么做？这里面有哪些不可告人的秘密呢？

我苦苦思索，不得其解。小凡说："找个自媒体发布消息，直接倒逼那九个人出来。我不信，对于一个全球知名企业家，那九个人会无动于衷。"

我捧着小凡架着眼镜的小脸一阵热吻。呵呵，这的确是直接有效的寻人方式，为什么要兜那么大一个圈子呢？而且，自媒体的能量，与刻板的官媒相比，有着惊人的爆炸性。

"不过，慎重起见，还是要把这个东西交给组织。"我指着那张发黄的纸头。

"你去把寻人方案拟好，带着答案见上司，可能会让他对你青眼有加。"小凡说。

理工女的理性与克制，在我的蜗居里闪烁出别样迷人的光芒。

白天是严谨细致的接待准备，晚上是对蛛丝马迹的追寻，我像个被看不见的手抽打着的陀螺不停地旋转、旋转再旋转。

纸头送到立方大人面前已经几天了，泥牛入海，杳无音信。办公室主任怪我多此一举，说："这是公安都不管的事儿，你一个型男，想做福尔摩斯，还是柯南？好不容易搞到的一个外资项目，别给我鸡飞蛋打搞砸了。"

我诺诺而退，心里却郁闷异常。本来我是准备带资料原件去见头儿的，小凡执意要我带复印件，实践证明女人的第六感觉是个永远也无法猜透的谜。

眼下，幸存者摆在我的面前，诱惑着我去探寻其中的秘密。现实离真相仅一步之遥，也许只是一张随手扔掉的普通纸片，谁知道呢？

做自媒体的小伙伴接到我下给他的单，已经好几天了，越沉默，我就晓得越有戏。这小子是个有料有骨子的家伙，我相信，他会帮我找出答案。

手机突然震动，显示屏迫切地抛出诱人的信息，一首打油诗让我的脑袋一轰。

真金当废铜，烂铁代入之。淘金向何处，但问杏林人。

我在思考，请别发笑

当这个人坐在我面前时，我的心里很不是滋味。刚刚在走廊里第一眼看到他，一袭老头汗衫，手上捧着饭盒，与另外一个病友边走边说笑。司法所长说，他就是李正道。我蓦地一惊，不由得与领导面面相觑。我概念当中的李正道，似乎应该是一个凶神恶煞或者神经大条的人物。

我在思考一个问题，别发笑。

这个人是一个人吗？真的别发笑。

如果他是一个人，在法律意义上他已不复存在。因为，他的户口已经给注销了。如果他不是一个人，那坐在我面前的难道是一个叫作人却不是人的生物？

作为街道重点监护的对象，他从号子里出来，辗转送至一部队医院收治，原因是"有间歇性精神病，且有很强的攻击性"。我随同街道领导、司法所的头儿来探望，目的很明确：医治好了将他安置在何处。如果真的是攻击性很强，即使病情得以控制，也不能安置到社区。这样一颗定时炸弹，搁谁谁也不要。他的档案，我已在司法所看了好几遍，很薄，像他卑微而浓缩的一生。所长说："型男，你别犯文艺腔，他的卷宗可是足有三尺厚。"他的提醒告诉我，是的，别忘了，眼前是一个重复服刑的累犯，时间跨度也令人唏嘘，16 岁到 61 岁，人生最宝贵的年华在一个又一个农场度过。尽管在部队医院，身边也不乏值勤的可爱士官，但是关于面前这个人的种种劣迹，还是让我们心里发怵。这段时间，金老叹扑朔迷离的九人寻踪搞得我精疲力竭，当听说领导有这样的探望行程，我死皮赖脸，跟领导磨叽了半天，才有了这次随行。我得意志坚定，保持警惕，关键时刻让我型男的擒拿格斗有用武之地。

坐在会客室内，我们呈三角形坐势，心理学上讲，这样的坐势最稳定，也最平和，利于交流互动。

他的双手自然地安放在膝盖上，脸上是一副腼腆、恭顺的微笑，笑容里有着些许不安与期待。

"李正道，最近身体可曾好一些？街道领导不放心，专程来看你。"

他的背明显挺直了一些，好似没听清，所长又复述了一次。他的嘴张了张，却没发声，旋即，眼泪从他浑浊的双眼里喷涌而出。他哭得那么伤心，又是那么欢快："我这一辈子，从来不曾有人来看过我。"

莫不是鳄鱼泪吧？据说此人在狱间有数次杀人（未遂）。

"李正道？你的名字与经历实在是太南辕北辙了。"领导这么说。

"我的本名不叫这个，李正道是后来给起的。"他呜呜哭着，用袖口揩着眼泪与鼻涕，鼻头通红，稀疏的头发与眉毛给泪水抹湿，显出别样的狼狈与可怜来。

我心头一惊，急着问："那你的真名叫什么呢？"

"我家本姓金，我的名字叫老叹。"

"金老叹？"如果有视频，我的眼珠子此刻应该已弹出眼眶。世界上真有如此巧合之事？

"你怎么把你的名字给丢了？"领导的口吻轻松而戏谑，也许是考虑到对方是在治疗中的精神病患者吧。

"我也不晓得，第一次服刑期满，出来后发现房子给拆了，我的户口给注销了。一家人都迁走了。派出所民警就给我安了这么个名字，说让我走正道。"

"第一次又是怎么回事呢？"

"我那时上中学，正好是'文化大革命'，学校的课也不正常。我就在造反派司令部找到了一颗手榴弹，是废弃的，引信都已经没了。我就揣着它上了公交车。我那时就想，带回家唬一下我那继母。没想到，给检票员发现了。然后，我就进去了。那年我才十六岁。"说着，他又呜呜大哭起来，"早晓得带这个哑弹玩也犯法，我就不起那个坏心思了。"

"丢了金老叹这个名字，我也准备着走正道，我爸和我那继母他们一家子带着拆迁款跑去吃香的喝辣的,我也找不到。我就在大马路上闲逛溜达,不小心撞上了一辆汽车,把人家车窗玻璃给搞坏了,因为没有身份证,查户口又没户口,就只好把我送进去了。"

李正道,不,金老叹的嘴一张一合,像一条缺氧的鱼。

我的脑子一盆糨糊,那个即将回来的金老叹,又是谁?他与眼前的这一位有着什么样的交集?难道眼前的这一位,就是外籍客商金老叹要见的第一个人?

"型男,你在想什么?"所长悄悄示意我不要走神。

我不明所以,愣愣地看着他。我在思考,请别打扰,也不要发笑。

真假金老叹

李正道的眼泪让我的心情沉甸甸的,外籍金老叹不日将至,一个强者与一个弱者成为摆在我面前的天平。我该站在哪一边,才能维持它应有的平衡呢?

说这话本身就有点自不量力,按照正常情理来推断,谁会犯得着为一个劳改释放犯大动干戈呢?但是,李正道一张泪眼婆娑的、趋于浮肿的脸老在我眼前晃悠。精神病院的医生那天告诉我们,他的肾功能已经严重衰竭,应该不会有较长寿限让他再好好地活在这个世界上了。

那个冒牌货从何处来,又刚好用上了他这个真身的名字与身份呢?追根溯源,找到退休民警李来顺是当务之急。

当李来顺应声开门,从他一脸惊讶的表情,直觉就告诉我,他在我要调查的这起事件中是一个关键角色。打开真假金老叹身世之谜的钥匙就在他缺了牙的嘴里。

尽管年事已高,但他的眼神仍带着鹰隼般的犀利。颈脖与手背青筋裸露着,一说话便突突直跳,他的脾气乖张而暴躁。当我说明来意,他的眼睛如狼狗般死死地盯着我。由于此前我已做了大量的心理预案,设想了若干种与他对话的可能处境,所以我越淡定,他越恼怒。最终,一头老狼终于臣服于一只羔羊。

"终于等来了这一天。"他自顾自呷着酒。酒是大路货,另外从家里的陈设来看,也属于经济收入一般的家庭。这是他开口说的第一句话。

我端坐在他的下首,一边洗耳恭听,一边不失时机地为他斟上酒。他就着面前的一碟卤菜,慢条斯理地咀嚼着。年纪一大,牙口就不好,但他与食物斗争的过程,在我看来,实质是与他的另外一个自己搏斗的过程。屋内就只听得他咀嚼的吧唧声。他对食物的撕咬,其实就是撕咬自己的良心。

等他慢吞吞将一顿饭吃完，已经两个小时过去了。尽管饥鼓肠鸣，但我还是毕恭毕敬端坐不语。生了锈的水龙头一旦打开，必定哗哗直淌，我得坚守，直到那一刻的到来。

"李正道，这个名字，是我给那可怜的孩子取的。当时他因为从造反派司令部的仓库门口拾了一颗废弃的哑弹，被劳教了两年。从少管所回来，经常被他的老子吊在堂屋中间的梁上，打得皮开肉绽。打一次，那孩子就拼命地往外逃，一去十来天。回来后，只要进了那个家，就会被打得奄奄一息，然后就继续往外跑。小伙子，你别用这眼神看我，我还没老到那种程度。我说的都是亲身经历。"

我问："为什么？他父亲怎么能下得了毒手，虎毒还不食子呢？"他的话像暴风骤雨一般，密密实实地压在我心上。

"那孩子的母亲早就病死了，他当时渴望进去的那个家，是他的父亲和另外一个带着四个孩子的寡妇组成的。他们一起诅咒他、凌侮他，说到底就是想把他彻底赶出家门，为的是节约一碗米饭。"

"差点打死的那一次，他跑得最远。跑到外省的一个县城，应聘做了一个纱厂的临时工。因为个头矮小，经常给那些身强力壮的女工欺侮。有一次，他猫在厂里女浴室门口，乘其中的一个女工进去洗澡，把人家的衣裤连同钱包一把端了。后来，案子破了，又给抓进去了。先后两次进号子，他那没人性的老子一次都没去探望过。"

"那他的户口为什么给注销了呢？"

"那个年代，多个把人少个把人，也不是什么稀罕事儿。他这边几年没回来，家里也没查点他死活，正好户口登记，他那继母就说短命的早就死了，户口就这么注销了。"

"那个冒牌金老叹又是怎么回事儿呢？"他愈是轻描淡写，我愈发怒不可遏。

"那是我上海的一个远房亲戚的孩子，因为在新疆农场支边，日子苦得不行，不想把孩子耽误，要回上海，只好曲线救国。先取得我们这边的户籍，而后再从这取道，直接进大上海。"李来顺沉吟半晌，"我那时是户籍警，见那金家要把老叹的户口注销，就开了份证明给他。实际上的户籍根本没动，新疆的那个孩子就直接更名，到这里就变成了金老叹。新疆那一边报孩子暴死完事。反正也没人管，没人问。"

"真的金老叹来派出所报案，说自家的房子没了，家人也没了，我正好值班。我想要坏事了，就把他带回了家，给他取名李正道。李是我的姓，正道，就是希望他能从此走上正途，正正经经地做个人。"

"不也是洗白了他的身份吗？"我忍不住讥讽道。

李来顺没接茬儿。

"你就没担心过，他要查自己的户口？"我强压住内心的愤怒。

"他根本没机会。"李来顺撮着嘴对着一个老茶壶顺了口酽茶，"因为，他回来时已是1982年年底，第二年全国严打，他又撞到了枪口上，直接给抓进去了。"

红旗中学的传说

看到她时,她正躬着腰,头几乎要伸进垃圾箱,一根废铁钳底部弯成钩状,飞快地在那些垃圾中翻着挑着,一只纸盒、一根牙膏皮都被她宝贝似的拾起来,拿在手里掸掸,嘴里吹吹,再塞到蛇皮袋。末了,她把那只臃肿的袋子扛到肩上,蹒跚着离开。

我忍了几忍,最终还是没有惊动她。

有一点,是外籍金老叹至死也难以释怀的。识破当年他冒名顶替的,是一个姑娘。在李来顺警官的设计中,恰恰漏掉了这一环。

一个甲子之前,林淑芳老人是红旗中学的初中部学生,与李正道是街坊,同岁,也是1983年严打中李正道三进监狱的主角。

这是我在时隔半个多世纪的今天,在盯了林淑芳老人若干次梢之后,与她有了倾心的长谈,才有了现在诸君看到的这篇文字。写到这里,真想搁笔。呜呼哀哉!

真假金老叹的离奇身世,使得新生代的我对人生的无常与不确定性充满了敬畏。外籍金老叹与劳改释放犯李正道,本无瓜葛的人生突然有了交集,依我可怜的社会经历以及认知来看,这个浑身是病连一个法律意义上的人都不是的人,应该是外籍金老叹最先想见到的。那天,在精神病院与李正道的一席交谈,直觉告诉我,他会原谅他。他没有走过的路,他的替身已经为他走过。他所受过的创伤与侮辱,他已代他的替身饱尝。

唉,该怎么说呢,时至今日,三个人对彼此来说,其实都是一个荒诞的童话。

林淑芳根正苗红,长得漂亮,是红旗中学的一朵骄傲的小花。在复课又停课的非正常状态下,李正道莫名其妙地消失之后,金老叹及时补充进来。同名同姓并不奇怪。没有人关注到一个小痞子的存在与否,新来的长相清奇,满脸是浓得化不开的忧郁。不善言辞,总是用他若有所思的眼神凝视着远方。这样的神情,在林淑芳眼里有着诗人一般的光芒。受到林淑芳这样的校花的关注,这个新来的却没有表现出相应的热情,反而始终躲避着她灼热的眼神。

林淑芳晓得他是警察李来顺的远房亲戚,以她骄傲的资本来主动示好一个来历不是很清楚的异性,林淑芳是憋屈而又倔强的。她写纸条给金老叹,不回。她在路上等,对方却绕道而行。他越躲避,她越进攻。革命性在那个岁月里的人的身上普遍流淌,而且,在林淑芳看来更浪漫更彻底。很快,林淑芳追求金老叹的消息在西仓大街不胫而走。

但是,当公安调查组找到她时,她的一张小脸先是莫名其妙,而后很快变得惨白。

调查组要带她去医院验处。由于某个人到公安机关告发,头号危险分子李正道锒铛入狱,刑期长短取决于这起检举的真实性。验处理由是看李正道是否真的强奸了红旗中学校花林淑芳。严打,对国人来说,是一次强烈的自我剖析与反省,也是检举与揭发的高发期。

在调查组面前,林淑芳的表象特征是脸红了。这对调查组的人来说,不亚于一份铁证。其实,就林淑芳而言,她的这种红晕,是乍听到这个名词的爆炸性反应,代表着羞恼与愤怒。但这种色彩到了调查组眼里,却意味着认可与不争。

没说一句话,验明正身似乎已无必要,林淑芳晕头涨脑地离开了调查组。

冒牌金老叹当晚就对姨父李来顺说:"代价太大了。"

"你个毛头小子懂什么?这丫头容易坏你的事,你昏了头了,不想去上海了?"李来顺咂口酒。

第二天,全校都知道林淑芳是个破鞋,而且是被罪大恶极的李正道糟蹋了的超级破鞋。她的工人阶级的父亲暴跳如雷,母亲则把手伸进她的裤裆,不解恨似的狠狠地抓挠,侮骂,好似以此证明他们家道的正统清白。

林淑芳给这一闷棍打得晕头转向,她不发一言,整天在外面游荡,灵魂似乎已经游离到身体以外。西仓大街的人都说,不得了,林家的丫头给那劳改犯弄上了手,看看,都得花痴了。林淑芳听到,不入耳,仍是笑。

西仓大街尽头是一大片梧桐林,旁边是一片大湖。秋天的湖边,落满硕大的梧桐叶。林淑芳在湖边站定,她慢慢脱掉身上所有的衣物,灰绿的一堆,搁在金黄中带有褐色斑点的梧桐叶上,沉重而又不堪一击。她皎白的身体在月光之下散发出圣洁的光辉。

她缓缓转过身,对着尾随的影子说:"其实,你不必跟着我。我把我的身体呈现给你,是告诉你,我是清白的。"

"我知道,但你不要这样。"影子的声音颤抖而虚弱,带着异地的口音。他想上前,却只能止步。

"我不会去死,我只是在这里告诉你,你不必惊慌。你和你姨父李来顺的勾当,只有我最清楚。但是因为我对你的感情,我会用一生来维护它,并替你守住这个秘密。"

"林淑芳。"影子发出痛苦的自责。

"回去吧,请你从今往后不要跟着我。这辈子,哪怕化成了灰,我们都不要再相见。"

他们在月色之下,相对凝望。时间定格为永恒。

再一次见到林淑芳,我跟在她后面,佯装把家里搜罗出来的废品卖给她。

"三毛钱一斤。"她头也没抬,仍然佝偻着身子,声音苍老而平和,好似忘记跟我有过那次长情的倾诉与告白。

费斯汀格法则

费斯汀格法则告诉我们，生活中的10%是由发生在你身上的事情组成，而另外的90%则是由你对所发生的事情如何反应决定。

从那次去医院探望回来，我做了大量的案头工作。寥寥几页的档案，与几尺高的案卷卷宗堆在我面前时，生命中既然有不能承受之轻，那么我就选择从档案入手。于是，我做了个有趣的游戏，在纸上画了一个图案：以李正道作为一个坐标出发，梳理与他有着交集的上下左右的人，并用费斯汀格法则来推断李正道身上的10%与90%的关系。梳理下来，离他最近的是少年时代以前的父母和两任继母，派出所民警，住各类号子的犯人。他们是属于李正道的10%吗？再向外面的第二个10%来拓展，又有哪些人呢？各个管教，农场里的头儿，出了号子后到处打零工的同事？继续向外围拓展，外延越大，我却越发现，要罗列出对李正道的人生有过影响的人其实非常艰难，更不要谈时代背景与社会环境了。

女友小凡说我有做特工的潜质，又说我不兼修心理学可惜了。她说，现在的人多多少少都有些心理问题，开个心理咨询工作室是分分钟利人利己的好事。我说，如果在街道待腻了，说不准会转型做心理咨询师，可惜街道就像个旋转的黑洞，我的离心力太弱，已深陷其中，无法自拔。

关于国家是一部机器的说法，我们在上中学时就学过。当时不以为然，工厂里的机器说坏就坏了，机修工过来敲打几下，也能转得顺溜。回想起来，实在过于浅薄而无知。作为街道的一颗螺丝钉，我深知我的作用的发挥，对国家这个庞然大物来讲，可能不会立竿见影。但是我也知道，一根铁钉与一只马掌、一场战役以及一个国家的关系。

固然李正道是个特别的个案，而且不久于人世，我还是要把他作为人的最本质的一面给如实写下来。以此，作为对于他来到人世间走一遭的一次最温情的记忆。我按上次约定,给他寄去了信纸和笔。其实,在这个信息化的当下,信纸就像我们提到汉代的竹简一样珍稀。我寄去的是单位的16开白纸,几管笔芯,还有一条南京牌香烟。他的烟瘾不算大,看到别人抽烟,觉得很馋。在医院的洗手间,我看到他直勾勾地盯着吸烟的病友。这些是我自个儿掏的腰包,之所以买烟给他,是想让他知道有人在牵挂着他。收件人是精神病院的病区主治医生。

快递飞速运送的同时,我却提前收到了从精神病院寄来的一封信。

字密密麻麻写了十三页,是从学生练习簿上撕下来的。前十页字迹工整,语言也比较流畅。后面的几页,思维开始混乱,纸上有水痕,看来是写到动情之处落泪了。到最后一页,语气又回归尊敬。这封信,从字迹的书写变化,以及整个情绪的大起大落,我可以想象,他在书写这封信时花了怎样的心思。

看到这里,可能有不少人要问:"型男,你是不是也有病?对一个精神病患者的话,而且是劳改释放犯,他的几点猫尿你也当真?"

我也曾这么问过女友小凡,她是理科女。我问她:"我顺应李正道的所思所想,对他牵挂,是不是也是精神病的一种表现?"小凡说:"姑且不要给他做条件设定,你只要遵循你的内心,看你所做的是不是符合人性健康发展的方向。也就是说,你觉得这样做舒坦,就放手去做。"

小凡是我的爱人与知己,我骄傲我拥有这样的女人。

我反反复复通读了李正道的来信,并在其中部分段落画了着重号。现摘录下来,让大家验证一下费斯汀格法则在李正道身上的应用性是否如前所述。

"……关于我的身世和人心变故,我在前面的描述虽然激烈了一点,愤怒了一点,望你和其他领导见谅。其实,这不过是我四十多年监狱生活的一个剪影,就是详细的档案,也只能是肤浅的。真实的档案留置在我的大脑之中和心灵里面。我不需要伪装、编造,我想老天爷每天都在睁大眼睛巡视着我们每个人的一举一动,是善是恶,是美是丑,他都记得清清楚楚、明明白白,当一个人良心不正,在他死之前老天会慢慢折磨他,让他受谴责。如果不忏悔,就是到天际,也不会给他一个星座,只能是一片乌云,受着老天爷的指派。他如果再冥顽不化,天公会用钢鞭拷打他的灵魂。"

像一羽鸿毛

通信铁塔腐尸案至今未破,不禁让我疑窦重重。善于幻想的天性让我陷入新的思维困境。其实,这个案件跟我一毛钱关系都没有,一来事发地与我所在的城市有数百里之遥;二来它本身来自微媒体,其真实度如何,很难断定。我在这里旧事重提,实质是想提醒世人要保持警惕之心,危机无处不在。

小凡说我杞人忧天。我握着她的小手说:"跟你这纯洁的小姑娘说这些都是罪过。"

小凡又说:"一个金老叹已把你搞得神神道道,现在又来关心这些事儿,累不累呀你?"

我说:"我天生神探转世,没办法,谁让你爱上一个中国的福尔摩斯呢?"

说这话的当儿,我仿佛听到从高空落下的水,煞气很浓且很重的血水,从空中垂直落下,滴到泥地里,几天的时间,地面已明显给砸出了一个小坑。血水汪在那里,黏稠,色泽已非殷红或绛紫,而是飘着油花花的斑斓之色。一簇簇噬血的蚂蚁贪婪地朝这里狂奔,蚊蝇也不甘落后,在铁塔周围飞舞。这个场景我一辈子也不会忘记。

我通过万能的朋友圈很快找到该县公安局的一个微友,一番神操作之后,他传达了法医结论:"该案件为非正常死亡,已排除他杀。"

"有人报失踪吗?"我记得当时的报道里有这条。

"没。"

……

事件回放是这样的:两个垂钓爱好者到一荒野之地伺机钓鱼,其中一人尿急,就跑到铁架下荫深之处,类似于公狗撒尿总要找棵树或木桩,刚进入松弛状态,一滴水不疾不徐地滴到他头上,男人不以为然,荒野之乐其中不排除飞过的鸟把屎粪自然拉在身体的某个部位。第二滴再重重落下时,男人觉察到了水滴的不同寻常，顺着腮帮往下淌时带有明显的滞重感，可是他知道自己早上刚刮过胡须。与此同时，一股可疑的味道钻进了他的鼻孔，这味道让男人想起了腐烂的鱼虾及野外动物的尸体，他们这个年纪对这些司空见惯。他顺手摸了一把，嘴里骂道：哪个狗日的搞这恶作剧？伸出的手掌有摊血水，浓烈的尸臭味让他大骂不已。他忙不迭要将可疑的血水甩出手心。当恼怒地抬起头，他脸上的表情顿时僵硬而恐怖。

铁塔的顶端隐隐约约晾着一个尸体。是动物？还是一个人？

白日惊魂，胜过三更。

报警之后，答案揭晓。对这起非正常死亡，媒体谨慎做了报道。

作为一名在基层摸爬滚打的年轻人，我对这事儿的关注更甚于事件本身。从维护社会平安稳定的角度来看，一个死去的人是不会说话的，但是事件的背后，却折射出更多令人玩味的东西。假设这个死者的身份有 N 种可能，关于他到了五十米高的铁塔上，又该怎么理解呢？

有没有一种可能，凶手雇凶杀人之后，背尸攀爬上去，只是为了满足将别人放置于高处的变态心理？

还有一种可能，类似华山论剑，凶手将死者（当时还是个大活人）诱骗上去，而后谋杀，弃尸逃离？貌似不可理喻。

在五十米以上的高空曝尸多日，如果不是因为垂钓者一泡憋得急的尿，有没有可能继续高悬直至白骨生生？

不寒而栗。

问题的关键是，他是谁？

无人告失踪，又说明什么呢？

对法医已经排除的他杀，带着疑问，我再一次请教了本市的法医微友。瞧瞧，现在的朋友圈的确是万能的，只要你能想得出问题，那么一切都将在众目睽睽之下。微友跟我讲了一大堆法医专用术语，听下来，我只明白了一条：在充分条件设定下，一切皆有可能。事实胜于雄辩，法医鉴定胜于一切假设与推理，符合正常行为规则的一定符合逻辑。对法医采用的逐一排除法，比如，尸身上有无外伤，有无毒物所留痕迹，至为关键的是他的双手有无因攀爬留下的损伤？那么，根据法医结论，既已排除他杀，横卧的尸体能否表明就是自杀呢？

一个厌世者为了弥补生前世人对他所欠下的关注，采取了这么一种极端的方式，此为一。

一个远方来的瞭望者，只是为了登高望远，突发疾病晕厥致死，我宁愿相信这一种可能。

大王叫我来巡山

这首歌究竟有多萌,让无数歌手粉丝嘻嘻哈哈不分重量、不论高下地竞相效仿?不管怎么说,今早朋友圈转发的《大王叫我来巡山》还是将我这段时间的阴霾一扫而空。

看着莫文蔚扭腰摆臀,我会心一笑(我是万千观众,嗯,之一),打心眼里,她的欢快狂野,一把将我从阴霾中揪了出来。说实话,我一直无法理解女人头上裹着那层若隐若现的玩意儿究竟是何种体验。我与小凡耳鬓厮磨之际,曾经偷偷体验过。看到这里,诸位可不要以为我的性取向有什么问题,只是好奇心驱使我蒙娜丽莎了一回,不也有人曾在她神秘的笑脸上画上了两撇胡须?异曲同工罢了。当我对着镜子扮起鬼脸,小凡幽幽道:"郑方形,严防走火入魔。"我知道她是对我前些日子一会儿沉迷于金老叹的寻亲热,一会儿又盯上八辈子挨不着边儿的乡村曝尸案,七牵八扯地,确实冷落了她。于是,我边扯着乱七八糟缠在头顶让我无法动弹的丝巾,边嬉皮笑脸地唱着:"我是一个努力干活儿,还不粘人的小妖精。"她咯咯笑着从床上跃起,麻利地解下套在我头上的丝巾。

我长长地舒了一口气,看看,解脱了。

从遥遥无期、令人头晕目眩的街道工作中临时解脱出来,刹那之间,阳光万丈,鸟语花香。

的确,生活本来多姿多彩,我又何必刚遇到点小挫折小困惑就背起重负呢!人家特朗普的那句"余生太长,何必慌张"说得多乐观,多从容,多到位啊!

总之,生活充满了节奏感。高潮与低谷,能左右我的心情吗?

我若晴天,一切安好。

一进办公室,头儿就疑惑地望着我:"中大奖了?"

我故作深沉，掏出手机，当场兑现微信红包一个。头儿是个特谨慎、特会过日子的人，听到裤兜里的提示音，他激动万分，打开，旋即差点把手机扔我脸上，红通通的红包啊，一笔一画，力透纸背，"一分一厘也是爱"。

　　头儿严肃地说："你给我干活儿去，别整天玩手机。我开会去了，唉，没完没了。"

　　"大王叫我来巡山，抓个和尚当晚餐。"我嘴上哼哼，看着他远去的背影，心里边蛮感动的，主任这么着大气不敢出地对待每件事儿，累是累得慌，但是稳妥啊，咱办公室不是年年先进嘛。话又说回来，基层工作要是一惊一乍的，还怎么得了？

　　社区的小王书记，本次换届刚刚走马上任没几天，端端庄庄地来请我递假条儿。我瞄了瞄她微隆的腹部，说实话，自从二孩政策放开后，现在见面的问候语都改成了"几个月啦？"，大凡年龄三十岁左右的都是二宝爸妈预备役。我笑着对她说："二宝他妈，本来我可以签上恩准二字的，考虑到权限设置，你还是亲自等主任来签吧。"

　　小王书记故意挺挺傲人的小肚子，嗔怪我："型男啊，贫嘴可不是你的风骨。"嘿嘿，大王叫我来巡山。

　　我一路小跑到办事大厅收学习笔记，社保窗口的窗花李美丽在接待一年轻姑娘，横看竖看，怎么看都是一道风景啊。

　　"我想找个工作，收入要高一点的。"姑娘羞答答。

　　李美丽瞅瞅她，拿出张就业登记表，缓缓地伸出。我看着都要发笑，这窗口之花果然名不虚传，那眼神分明在目测呢。

　　"我要当网红。"那姑娘继续羞答答。

　　我看到李美丽的眼睛汪出了笑意。的确，眼前这姑娘盘子条子都很有特点，不是锥子脸大眼睛，谁说就不能当网红？有个性，才能在网上蹿红嘛。

　　李美丽跟我对视了一眼，仍不动声色，笑眯眯地说："美女，这里是街道办事大厅社保窗口，网红这工作是不错，不过要上网才有可能成为网红啊。"她将手里的登记表吹吹，又缓缓收回。我的心里直乐："真有你的，李美丽。"

"那你这里有网吗？怎么才能爬上去？"姑娘仍羞答答。

完了，李美丽的眉毛顿时扭了起来，真的假的？我笑眯眯地望着她。好一个李美丽，只见她强忍笑意，耐着性子，从窗口里走出来，搂着姑娘的肩膀，边说边往外走。一声飘过："网红都是在家里，对着电脑跳舞唱歌的，这里不方便表演啊。"

大王叫我来巡山，我把人间转一转，生活充满节奏感，建议姑娘上舞台，蒙面唱将猜猜猜。

哈哈。

许我一个平台

"给我一个支点，我可以撬动整个地球。"挺熟悉的，是不？古希腊物理学家阿基米德的名言。

"如果给我一个平台，我将征服全世界。"在马云出现之后，这句话已经让十多亿用户在一个虚拟平台上尽情狂欢。小凡是个懂事的好姑娘，尽管是双十一，她的纤纤玉手一直停留在厚厚的书籍上，我心有戚戚。即将告别单身汪，房价仍把我俩困在郊区这所简陋的民房内。作为男人的自尊，在单薄纤瘦的工资条面前，我似乎显得不那么伟岸。

我的活思想尚未暴露出来，手机震动一声紧似一声。哈哈，是笨笨猪。

小凡诧异地看着我。

我捧起手机，忙不迭双手奉上。刹那之间，小凡也跟着我乐不可支地笑将起来。

笨笨猪大哥，用他招牌式的符号在微信上跳着欢快的街舞。只见这位哥头戴黑色礼帽，白色的短袖衬衫将他壮硕的肚子圆圆地包住，两根细长的背带很危险地吊着黑色长裤，他的快乐与自信通过他肥肥的手指头传递给身边的每个人。

"太拉风了吧。"小凡说。

"兄弟，知道吗？就在昨夜，华为又一次征服了世界，5G时代，世界顶尖通信技术话语权将由中国华为发声。看看，互联网给了我们一个多么伟大的机遇，纵然蜗居一隅，也可坐拥地球。"语音里是笨笨猪热情洋溢的声音。这位哥长得珠圆玉润，一听到他的声音，我的眼前就会浮现他手舞足蹈的经典形象，整屏。

我与这位哥的相逢源自街道举办的民生类项目创新创业大赛。作为宣传联络员，我负责接待、联系本地官媒和各路自媒体。在关于城市记忆、悦读书吧、家居指导等先期入驻孵化的项目逐一演示之后，穿着背带裤的笨笨猪带着 VR 头显闪亮登场，瞬间惊艳众人。前来观摩的居民们新奇地簇拥在他的周围，纷纷要求体验。一时间，长枪短炮一齐聚焦。他身边那位儒雅的技术总监和漂亮女助理，忙着帮居民们试镜。当整个城市被尽收眼底，大伯大婶们惊喜地叫道："我家，看到我家的小区了。"

"哈哈，我们的市政府，这儿，这儿，还有公园。"

"真神奇，现在的技术真是日新月异啊。"

"这玩意儿听说在家里戴上就能买自己想买的东西。赶紧管好你的老稍儿（方言：存款），别让伢子们待在家里，钱没挨手边儿，就没了。"

居民们七嘴八舌，你推我揉地玩着随手拍。笨笨猪笑呵呵地用他经典的体势语言——摆拍。

哎哟喂，我的哥。

我晓得，在这个人人彰显个性的时代，笨笨猪的经典造型，那指向前方的手指和灵活的脚步，会让他的产品在各种媒体和群众口口相传中引爆全城。笨笨猪在还不是笨笨猪，有着某个实体名字的时候，他就进过厂，练过摊儿，跑过单帮，走过码头。华为一发声，这儿就跟着行动起来。一句话，"70 后"的文青劲儿始终没减。

很快，语音又来了。"我的 VR 技术，目前完全能适应 5G 要求，最近不少商家纷纷要求加入我的城池啊。老弟，笨笨猪的春天来了。谢谢你啊。"

"赶紧谢街道的头儿们吧，为了能让你们有个集中展示的平台，我们立方大人的头发还不晓得掉了多少呢。"我对着手机回复。

说起这个民生类的孵化器，从去年李总理宣布大众创业、万众创新，据说立方大人就开始琢磨，起初领导班子就意见不一。说实话，全省全面奔小康，居民的需求层次不一，搞这么个民生类的孵化器，把群众对美好生活的追求在一个平台上展现出来，这想法本身就有点疯狂。后几经磨合，终于立项，面向社会公开招募路演，评选中标单位，紧锣密鼓。直至大赛当日，百来号人欢聚一堂。在一个实实在在的载体上，部分社区居民根据自己的特长、技能转化成的生活类的文创产品，陈列在展架上，我终于明白，网络这个虚拟的平台居然真的可以让梦想成真。草根创意与市场需求一经打通，那么，社区即市场的营销理念以及群众的获得感会得到实实在在的证明。

  型男我今天有些啰唆，人家都说，"90后"爱装，"80后"卖萌，"70后"实诚，但我忍不住还是要为立方大人他们几个点赞。网络这个虚拟的平台于我而言，究竟意味着什么呢？业余时间，固然能让绷紧的神经暂时松弛，但朋友圈晒旅行，比美容，比忽悠，这样的平台，于我何益？

  删除。

  赶紧删除。

  立即删除。

围剿"老赖"

一次行动，胜过雷霆万钧。

"一不小心，我也成了网红。"执行局的老张笑呵呵地说。由于长期熬夜，他显得很疲惫，但眼睛在高度近视镜后散发出睿智的光芒，特别值得点赞的是他一口参差不齐的牙齿，这个细节，竟让他的脸显得生机勃勃。

"别听他忽悠。"法警小王是我的哥儿们，之一。因为仰慕一切戴大盖帽的，我多次被小凡调侃为"制服控"。这厮也因幽默健谈，被我收纳为友。

老张听了嘿嘿直乐，我不解地望着他俩，知道话中有话。

前段时间，他们法院搞了次案件集中执行行动。"央视《朝闻天下》都播了，网上视频你随便点击。"平时尽管看不惯小王的嘚瑟样儿，但骨子里头我跟他是一路人，只不过他爱显摆，我是闷骚，好奇心还是驱使我上网点击。

"一组人员到位！二组人员到位……"身着制服的老张，对着对讲机一声令下，数十辆车陆续驶出法院，上百名干警全副武装，执法行动组相继抵达现场。

哇，居然是全媒体现场直播。我心里暗自鼓掌。说实话，搞台晚会都要模拟走台，这集中执行行动还真不是盖的。被执行人事先知道吗？在媒体与法律工具的双重情境压力下，他们会是何种表情？而且，关键之关键，万一遇到不可抗力或者其他不确定因素，导致行动失败咋办？在街道工作这大半年来，我亲自参与的各种突发行动的处置也不算少了，类似拆除违章建筑、司法强拆钉子户、处理因物业管理不到位而引发的群体性事件等，每次街道的头儿们都是反复推敲，用底线思维模拟一切可能，有时候，一场行动可能要拿出五六套预案。现场指挥是行动的中枢神经，一切指令均由现场指挥发布。上面的头头脑脑则是根据现场形势与发展在作出精准研判后交由现场指挥负责。但是这场围剿行动，在"老赖"不知情的情况下，真刀真枪来这场大戏，我打心眼里头替法院的头儿们捏把汗哪。尤其是老张,在这场万众瞩目的行动中,他是现场指挥,砸了怎么办?这可不是收视率与点击率的问题啊。与行动本身相比,我更在意网评。快进了几个场景,老张啊老张,网红在他面前实在是太轻薄了。生活的质感,职业的厚度,网红只是云过风轻,一阵香气。

场景一:伏击"老赖",打他个措手不及,智取还是强攻,老张自有一套,到了目的地,迂回的迂回,包抄的包抄。瞧这情形,我心知肚明,这预案一定不晓得搞了多少遍。看到天兵天将,当事人睡意顿消。网上这时已开始像油星儿滴进临沸的水里一般炸开了。网友们纷纷吐槽,是真是假?拍电影吧?现在塑造队伍形象不都时髦拍微电影吗?记者的现场描述才让网友与电视观众顿时提振了精气神。来真的?好样的!

场景二:当涉事"老赖"的奢华生活场景与农民工住的窝棚形成强烈反差,因拖欠工资到底如何约期支付,执行法官与当事人正面交锋,场面变得很紧张时,我突然发现老张的脸在我的视线里已经五官模糊,厚厚镜片之后的眼睛射出的光芒,和他不停翕动的嘴唇,以及架在他瘦削脸上的眼镜,似乎——化作达摩克利斯之剑,高悬在当事人的头顶之上。剑气形成强大的气场,让眼前借来的浮华生活顿时变成了山雨欲来城欲摧。哟,真是好家伙,失信行为到了该自己买单的时候。这下子,农民工兄弟可以带上打工的血汗钱,回家过个好年了。

场景三:唯一住房被执行,当事人在老张面前脸色苍白,抖颤着手在法律文书上签字。搬家公司的工人在法官指导下,强制搬出生活必需品,并妥善安置入住公租房,豪华别墅的大门上醒目地贴上法院的封条。网上纷纷点赞,连续几天,点击率直线上升,几十万网友对这次行动给予了怒赞。其实,听我们街道头儿们谈论,就怎样维护申请执行人的合法权益,又从人性角度保证被执行人今后的居住问题,法院这一头还真的动了不少脑筋。

"张哥,我可是牺牲了一顿星巴克,才到了你这真神面前。"纯爷儿们的相见,只为惺惺相惜。

老张呵呵直乐,对着他那瘦脸龅牙,回想他在集中行动中的指挥神采,我忍不住抿抿嘴,果然奇人必有异相。

令人啼笑皆非的环境投诉

又是一个环境信访投诉件。

纵然型男我去年已在城建口见习半年，处理的因噪音、粉尘、排污、高空抛物等环境投诉也不胜枚举。但这手里的投诉件却与众不同，不但不同，而且令人啼笑皆非。

头儿见我对着盖了批转红印的信访件抓耳挠腮，神情怪异，就晓得我遇到了障碍。市长信箱原来是头儿亲自阅办，为了锻炼我分类处理公文的能力，他就把这事挪给了我。他此刻凑过来一看，不禁面带绯色，笑将起来，花白头发越见银丝闪亮。

因我还是个未婚青年，原先强行捺住的大笑此刻喷涌而出。

"型男，你还是去讨教周教授吧。"

周教授是街道城建办主任，此君身长七尺，皮白肉细，平时不哼不哈，烟不离嘴，书不离手，坐下来不是看《国家地理》，就是琢磨那奇门遁甲，街道上下人人尊称周教授。任何为难事儿，到他手上，眼皮一瞭，仿佛就能从那一团乱麻中找出关键的线头，然后抽丝剥茧，三下五除二，分分钟搞定。唐朝有个宰相名叫姚崇，人称救时宰相，就是处理复杂问题和突发事件特别在行。周教授与他有一比。

看到城建办悬挂的大红色锦旗，我心里一动，拜服。

去年夏天，某高档小区居民入住后，变电箱频频跳闸，电梯突然中断，二次供水水箱断水，分流到各户成了滴滴香的麻油，投诉无门。市长热线虽然多次交办，供电公司也随报随修，但终究是前脚修好后脚又故态复萌。住户骂门面："要不是你们在这开店多吃多占电力资源，小区哪里会乱成这样？"门面讽刺住户："物权法哪一条规定开店的不能用电？有种的住别墅去。"双方相互埋汰，在背后戳脊梁骨骂大街。店主用车拦住小区大门，住户无法正常出行。性子急的动了手，110虽然出了警，但是当事人一个也没法带走。店主全面出动，一齐朝小区住户开炮，住户中不少老人哪肯被占便宜，黑灯瞎火地从楼上摸下来，朝店主又揉又推，矛盾一触即发。不知谁吼了声："到街道办，找政府去。"于是，双方像约好了似的闹哄哄一齐把街道办大门封堵得水泄不通。

眼见着群体性事件即将爆发，办事处头儿闻讯匆匆从拆迁现场赶回，紧急召集属地社区居委会和职能科室负责人应急处置。一个刚入住不久的新小区，为什么供电设施屡修屡坏？这么多的部门居然搞不定一个小区，何故至此？供电本身应该是基本的配套，到底问题的症结在哪里？头儿一连三问，气氛紧张莫名。

社区居委会主任倒苦水："都说守土有责，但我们也实在没办法，该联系的都联系了，该报修的也报修了。这大夏天的，小区里走到哪儿都是人肉味儿，居民做不了饭，店主充不上电，只好上居委会，我那儿都成了临时食堂与浴室了。电一跳闸，我就心惊肉跳，心脏病都快搞出来了。"

"现在要解决问题，不是倒苦水的时候。这事一旦发酵，闹到网上去，有你们好看。"分管主任的脸拉得比瀑布还要长。

周教授吞云吐雾，别看他平时寡言少语，惜字如金，关键时刻却口若悬河："听到社区告急，我就查了开发档案，这个小区本身是块滨河边角地，开发商拿地的程序就有打擦边球的意思。按理说，业主入住，无论是店面还是住户，都共同享有相应的物权。物业卷铺盖跑路看似是导火线，问题的关键，可能还是要从变压器本身入手，如果是专用变压器，那么始作俑者就是它了。"

头儿的眉毛一松，我们也都为之精神一振。说实话，因为小区规划设计变更，楼房遮阳日照比等一系列问题引发的群体性矛盾，往往易让人不知不觉往深处想其背后的交易。这档事儿，群众情绪如爆竹遇火星，一点就着。

"找到症结就好办。"头儿沉思良久，一语定乾坤。

众人点头。任何群体性事件，处置方向如果发生偏差，结果必定背道而驰。

　　分管主任当即连续打了两通电话，顺藤摸瓜，果然开发企业上的是专用变压器，而且私自变更容积率，导致用电负载失控，夏季用电高峰运转自然失灵瘫痪。

　　如释重负。而后围绕专变转公变，这厢，信访办负责会同居委会引导群众理性对待，居委会继续发动相邻小区实施应急援助；那厢，周教授不温不火找开发商谈判，结论是开发公司如数掏钱，一周内小区恢复本来秩序。而后，就有了墙上的这面锦旗。

　　但眼前的这起投诉却令人啼笑皆非。

　　一个八旬老翁嫌隔壁邻居夜间动静太大，以噪音扰民投诉至市长信箱。信，一层一级转下来，不知笑岔了多少神经。

　　邻居是对新婚夫妇。

　　周教授手夹香烟，微微一笑，说："就俩字。"

　　我如获至宝，请他赐教。

　　"错时。"

谁是厨王

凭一盘饭就得金奖？

稻河街一溜边的饭店都愤怒了，一盘差不多可以说没有做任何投入的饭居然轻松夺走厨王桂冠？那他们精心烹制的杏鲍翅、甲鱼汤情何以堪？想想都不服气！

一群店主吵吵嚷嚷地跑去街道办要说法。街道办啥地方？老百姓吃喝拉撒的事儿都得管。

大赛组委会设在街道食安办。说实在的，搞这场比赛，开始头儿们意见不一，谁得金奖谁得银奖，大家伙儿都会争，试想想，一张厨王的金字招牌往饭店门口一贴，比广告强啊。现在上面三令五申，好不容易才管住了一张嘴，但那嘴是公家的。老百姓图实惠，因此，街头巷尾的小饭馆比星级大饭店还要热，甩开膀子吃喝，真金白银都是自个儿的真骨血，对菜肴质量要求的那个高也是赤裸裸的，实践是检验真理的唯一标准嘛。就像证券公司门口的看车老太，瞅准了随便溜个空当儿去买上一票，也是赚，她懂啊。老百姓的眼睛毒就毒在饭店门口，越是车停得多的，生意越火，翻台也等，图的就是货真价实的美味。

厨王这块金字招牌的含金量，不可小觑啊。

拗不过食安办的一帮老同志，头儿终于首肯，但是把丑话放前头，闹出矛盾你们自个儿解决。食安办的都是主任科长，都是街道办那些到龄不够办退的老中层，齐刷刷安排在这里发挥余光余热，领头的像我一样，也从学校考进来不久，大概头儿们觉得领导一帮老同志，谁也不一定落好，倒不如让个小姑娘跟一帮老同志搭伙，谁也没意见，而且个个来劲。食品安全是个头疼的事儿，嘴说从田头到桌头都得管，中央出台的政策没有一个不好的，关键是好经不能歪嘴念。食品安全也只有老人老着脸去管，那些饭店才买账。

老同志们干活儿经验足，老姜一般，麻辣，够味儿。聘请区里的餐饮协会就稻河街的餐饮量身定制了一套比赛规则，又是征求意见，又是实地调查。店家们没有一家不拥护。这年头，连卖红薯的老爷子都晓得要用有品牌的包装袋儿，支付要刷微信，吃百家饭的店家们谁不晓得平台的重要。街道办组织的活动，最大的卖点就是民生。只要街道办牵头的活动，电视台、日报晚报没有一家不来的，现在又多了新媒体。一次厨王争霸赛，不亚于拳王上台，又吸睛又抓胃，全民狂欢啦。

说了半天，型男我也是见到美食挪不开腿的人。

接待一群要说法的店家，自有老同志们救场。我在工作群里与食安办的美女私聊开了。

"那盘饭究竟是什么饭？有朱元璋的翡翠白玉汤好？"

"意犹未尽。"她发来一个淌着涎水的表情。

"别卖关子，快说。"我朝她撇撇嘴，也用表情。

"回味无穷……"省略号连发三串。

"少来！"我回复她重重的感叹号。

"粒粒糯滑，甜中带酸。"她继续，发一个勾引的表情。

"别吊我胃口了，你这是标准色诱。"我的口腔里噙满口水，看样子，吃货不仅是我型男一人。

"啪"，千呼万唤，一张图片从对话框里弹了出来。

我松了口气，同时，惊呼一声。

摘得桂冠的原来是一盘菠萝炒饭。粗粝的外壳，体态匀称，焦黄中透着青色的表皮，最妙的是尾部如同张开的凤尾，翠绿欲滴。内里盛着的炒饭，米粒油亮饱满，不黏不糊，却难掩芳华本质，与粒状透明的菠萝果肉相映成趣，好一个浑然一体，好一个金玉满堂！我将口水生生咽下，喉结滚动发出声音，害得办公室主任朝我看了好几眼。

再看食材：大米，菠萝，少许白糖。

我暗暗称赞。没办法，在拼营销、拼花头、拼人脉的餐饮界，这家小店却用返璞归真赢得认可，店主的智慧也必是非同寻常的。拼来拼去，人家拼的是自然，无须招揽，人气自来。小店名叫"一盘饭"，店堂干净，内部软装布置成一盘热腾腾的菠萝炒饭。单看那装饰就胃口大开，而且只卖饭，兼外卖，贩夫走卒，写字楼的白领，食欲不振的学生，都是忠诚主顾，谁会否认一盘饭的存在意义呢？难怪整个稻河街总是水泄不通。

没得到金奖的那些店主，闹来闹去，也是个热闹。生意总是要做的，况且，稻河街的美食名声已经响当当地出去了，食客们有爱萝卜的，也有爱青菜的。在食安办老同志们的宽慰之下，总算破涕为笑，谁能预测下届的厨王争霸不会花落他家呢？

重要的是规则。

闹掰了，连平台都没有。这话傻子都明白。

一双绿胶鞋

上千户回迁。

十多户历史违建拆除。

百团千村万企大走访大落实。

街道办上上下下个个像是嗖嗖利箭,不在弦上,就已射出。没办法,上面千条线,下面一根针。街道办就这么些个人,任何一项工作都得由人去完成。遇上棘手问题,必须组团作战。连党群书记都说,我虽然一天兵没当过,但天天排兵布阵,也算是过了把团长的瘾。

像我这样刚入职没几天的新人,更像是一只不停地滴溜转的陀螺。瞧瞧,今儿一早6:30不到,我就提着热腾腾的包子、豆浆到回迁现场,给那些冻得缩手缩脚的伙伴送早点。只要临时指挥部的大门一开,那些排了号的回迁户就要潮水一般涌进来,要过年了,回迁户早早拿到房子也心安。7:40,我带着相机,赶赴拆违一线,工作资料不固化,在现场不明真相的围观群众都有可能断章取义地拿起手机乱拍一气,奈何?人人都是自媒体啊。

基层工作如果都是一顺毛儿地往下捋,就不要谈什么秩序,谈什么治理了。

8:30,我赶回街道办。人都给点名捉将到几个现场了,大楼特安静。

平时,李三拄着铁拐杖应该早已经在门口传达室喝上茶了,八十多岁的人了,天天到街道办来上班,雷打不动,风雨无阻。

因为头头们不是在这个那个现场,就是在上头开会。李三天天来点卯,遇不上头头脑脑,与传达室老王头混得烂熟。这几年,旧城改造覆盖面广,政策公开透明,老百姓在家扒拉扒拉,都能算出大账来。李三不同,他有把算盘,他要的是二十年前的老账。老王头说他是揣着明白装糊涂。李三就深深吸一口烟,老酒一般嘬上口酽茶,径自笑。

李三这一个月一共来了二十多趟，一个月当中除去双休日，是每天一趟。其中还有三次是没遇上人，下次再来的。我说得这么清楚，主要是他手上有个小本本，上面一笔一画写得清楚，什么时间什么人接待。以我迎接各种效能检查的经验来看，他记的这些，倒是体现大家接待他时是认真的，李三是出了名的嚼过的口香糖，只要给他粘上了，就算怎么扯也扯不干净。

　　但是说实话，李三的小本本上所记录的人头至少有十五个。究竟是十六，还是十九，当着他的面，我没好意思细数。他每天来，上班一般，大家也都熟悉，遇上了点点头，轮值的也会泡壶茶，与他摆上一段龙门阵，乱扯一通。他的来意倒是变得次要。头头们说了，每天只要他准点在街道办出现，就好比天要下雨娘要嫁人，拗是拗不过，但是至少让人心安。

　　李三的上访经历，写成一本书都绰绰有余，《我不是潘金莲》这部电影我没看，网上说啥的都有，我敢打赌，真正在基层干事管事儿的人都付之一笑。生活远比电影真实多了，电影里的噱头是为了票房，基层接触上访为的啥，说小了是稳定，说大了是社会的公平正义。

　　他每天早上来时，手上必有三件宝，一只盛满了资料和各种法律法规的黄色香袋，一只装着蔬菜的塑料袋，还有一只茶杯，外面用一只布做的茶袋套着，露出的半截子晃荡出白色泡沫的是酽酽的茶。

　　今天，照例该来了，但是过了点，仍没见到他的人影。想问传达室老王，那一溜边的开水瓶少了几只，我知道这当儿他一定是上楼送茶水去了。这个点不来，要么就是跑到上面去了，要么就是这老爷子有什么事儿了。我嘀咕，心里莫名忐忑。

　　抄起电话，我问社区居委会。回复说，老爷子一大早就出门了，线路照旧。

　　我那个急啊，赶紧拨了信访办主任的电话。那一头，人声鼎沸，主任的嗓门把我的耳膜都快震破了："什么，什么？听不清楚。"

　　我发动电动车，准备出发。丢了人，这可不是小事儿。

　　就在这时，立方大人与李三从电梯里有说有笑地走出来，后面跟着笑眯眯的传达室老王头。

我暗暗松了口气。

老王朝我噘噘嘴，示意我看李三的脚。

一双绿胶鞋。

我没眼色地朝老王头询问。他朝我竖起两根指头，做出"V"字的手势。胜利？还是二？

按照立方大人安排，我叫了辆出租，把李三送回家。路上，他对我说："这双鞋，瞅见没有？是你们头头的，今儿早上出门，我趿的拖鞋，你们头头说天冷，脚后跟撂外头，上了年纪的人吃不消，硬是让我换上，这不，上面还有工地上的砂浆呢。"

我"嗯嗯"点头，心里还在琢磨，传达室老王冲我打出的"V"字手势表达的是啥意思？

柳暗花明

到了年底,恨不得变成孙悟空,分身去应付各种各样的检查、考核。

越忙越有事儿,这不,上边又布置了大走访。领导说了,今年的大走访与往年不同,大家用点心,好好结合走访问计问需于民。

今儿下午,到通江社区时,天已近黑,老李不在家。于是,我就待在他家车库门口等,几盆花草、几块石头随意放在花圃里,古朴而生动。我心想,这家一定是热爱生活的人。

为了提高春节前基层大走访的实效,此前,街道办已经提前把要精准走访的对象全部都梳理出来,让市、区和我们自个儿的干部能兼顾面上情况,走得实,问题和困难摸得准,嘘寒问暖传递到位,更便于我们今后日常社会治理的推进。老李一家,是属于其中因病致贫的。

不一会儿,他戴着帽子和耳罩,急匆匆赶回。他双手紧紧握住我的手,他的手黧黑粗糙,很温暖。

"屋里坐,屋里坐。"他忙不迭地让座,用抹布不停地揩着方桌。桌面上扣着的是中午吃剩的饭菜。

"李师傅,咱们一起开了这么多的会,到你这儿家访,还是头一次。"他呵呵笑着,倒水。我俩一边聊,我一边速记。我之前就挂钩这个片区,跟老李算是不面生。

他的妻子拢着袖子在一旁不停地催促他:"往边上坐点,别挡着亮光,小同志在写字。"我心里一热,瞅她一眼,不识字的人对文化多么尊重。

老李16岁学做铜匠,一晃四十多年过去了,前些年,河边的铺子拆迁,生意不做了。妻子患上了乳腺肿瘤,化疗,儿子儿媳都在企业上班,儿子原来是调度,目前失业在家。全家人的收入仅靠老李妻子的养老保险,还有儿媳的工资。在做这些记录时,我的心情沉甸甸的,但老李始终笑呵呵的。中央强调精准扶贫，省里讲要"两聚一高"，特别是要让老百姓的口袋鼓起来，走访的这一户，看样子，要脱贫奔小康，还有比较漫长的路要走，我担心接下来的事儿够呛。关于挂钩帮扶，在基层案例不少，这一户说不准会难缠。临出门，办公室主任还交代我，听话听音，说话留尾。我的活思想在心里直晃荡。

"困难是有，但是基本过得去就行，儿子除了会调度，啥技术也没有。过段时间再来看吧，办法总比困难多。"老李瞅着妻子说，"她身体不好，化疗之后，我照顾得还行，看看她的气色，不像个癌症病人吧。"他的话音里透着对病妻的爱恋，还有自豪，像一轮暖阳，把我心里的疑虑也融化在冬天的雪地里。

他妻子就嗔怪他贫嘴。

"小同志，你瞧瞧，我的身板怎么样？知道吗，我有护身的宝石。"一说起护身符，老李浑身的劲，刚刚聊到的一系列困境瞬间化为乌有。而后，就给我讲了他多年的收藏经历。

"我们这座城有几千年的历史，宝物多，但是这么多年，我收的东西都捐给博物馆了。"他很自豪，用手比画，"收藏证书这么高。"

"家里有这么多困难，就没想过卖几件？卖一件，可是大价钱。"他爱讲，我爱问，这下子摆上了龙门阵。

他说："文物是国家的，倒卖是犯法的。我个人没能力收藏，捐赠给国家，心里踏实。"

"你刚说你没念过几年书，收藏是需要眼力的，你咋做到识宝与鉴宝呢？"瞅上这机会，我也是打破砂锅问到底了。话说，智慧在民间，这话一点都不假。这大走访还真让我长了见识开了眼。

"做了几十年铜匠，也积累了一些基本的经验，现在条件好了，有电脑，任何时候都可以上网学习。"他说，"我没事儿就在拆迁现场瞎溜达，旧城改造，里头的宝贝可不能一下子给推平了。这么多年，没有头疼脑热，就是因为我有这个。"他在纸上用力写上"砭"字，指的是身上焐着的号称能治百病的石头。

我连夸他的字写得好，刚劲有力。他有些得意，又有点不好意思。

"儿子的工作，我们帮忙找着。"临走，我跟他说。说实话，看到他这样自立乐观，我没来由地也受他感染，心里盘算着回去赶紧找劳保所，看看能不能尽快帮助他儿子就业。

"困难扛一扛，总会解决的，放心吧，日子会越过越好。下次啥时候再来，我把收藏的宝贝给你看。"老李果然是个乐观向上、热爱生活的人。

对了，他是我们街道通江社区的一名普通楼长，名字叫作李洪富。

第五辑　耳边生风

> 我在奔跑，像一只小鹿，我含笑望着这座城市里的人，他们多么像那一群灵动的鹿。

鹿鹿跑团

【镜头一：北京，某高级公寓】

"您的快递。"门"吱呀"一声，快递小哥的脸，像阳光，耀眼。

"哪儿来的？"年轻女子的声音是冰冷的。

"瞧，泰——州。"小哥指着上头的字。

年轻女子接过，飞快地签单，扑通一声关门。那盒子上的字，熟悉得像刀子一般早已刻在她的心上，她的双手不经意地颤抖起来。她歇斯底里地将盒子撕开，黄灿灿的银杏旋即撒了一地，一只信封安静地卧在里面。她迟疑地展开，旋即泪流满面！

（特写镜头：泪水滴到一张贴有梅花图案的信笺上。）

（画外音响起：马达的声音。）

"亲爱的，见信如晤。将近一年了，没有我的信息，一定担心了吧！我没死去，尽管一年前，我曾差点死去。说来奇怪，我走过那么多的国家、那么多的城市，只有这里，能让我整个地慢下来，它的闲适和温情一点一点地为我疗伤。癌症让我丧失了活下去的信心，以及继续爱你的勇气。我是个爱情的逃兵。而今天，在你打开这封信时，你应该知道，我还活着，不管你是否正在读这封信，不管你回与不回，抑或你来与不来，我都会把我在这里的故事讲给你听，而且，我相信，等你读完这几封信，你一定会迫不及待地来到这里，因为，这里，有一群特别可爱的人。马达。"

女子读完，仔细地端详信件，没有落款时间，从快递信封上来看，应该是新寄的。她把信缓缓送进碎纸机，她的背影是冷然而坚硬的，看着信件一点点被吞进机器，变成碎片。她拿起包，下楼，背影清丽而单薄。她发动汽车，绝尘而去。

一路上，随着汽车飞驰，她想起与马达相爱的碎片：他们一起在校园里读书，一起旅行，往事一帧一帧地飞到眼前，直到某一天，他们租住的小屋人去室空，只留下一张字条。良久，她靠边停车，趴在方向盘上恸哭不已。

【镜头二：泰州，桃园】

"注意，注意，那小子来了，等他过来，大家一齐跟我喊。"一个姑娘和其他的同伴边做跑前准备，边用眼睛瞄着远远跑过来的年轻男子。

"好的，没问题。"几个姑娘笑嘻嘻地闹成一团。

小野跑来，大汗淋漓，身材健硕。

"渣男，渣男。"一群姑娘喊了起来。

小野莫名其妙地看着她们，而后环顾四周，发现没有其他雄性动物，便眉头一皱，朝那群姑娘挥挥拳头。

其中一个挑衅道："始乱终弃，不是渣男是什么？"

小野气咻咻地，想挥出拳头，又觉不妥，便加快步伐飞快离去。

姑娘们在身后笑得前仰后合。那个挑衅的姑娘仍然追着大叫道："长得倒还不寒碜，种驴似的到处下种，鹿鹿跑团不过是些乌合之众，有本事，跟咱们途狼跑团比一比！"

小野气急败坏地跟上跑团的队伍，一跑友关切地问道："一大早，气啥呀？"

小野如此这般说了说。身边的几个急了，说："这帮丫头，不得了了，还真以为自己乌鸦变凤凰了？比就比，不去才是二五、熊包呢。"

【镜头三：泰州，桃园，老街，水包皮老澡堂，面点师傅做包子】

第二天一大早，鹿鹿跑团与途狼跑团"斗跑"起来。

两支队伍分别着不同的队服和头饰，男队头顶是鹿茸，女队头顶是狼头。双方打头的是两个年轻人，鹿鹿跑团是个雅痞的小伙子，他脸上有点阴郁，身穿橙黄色的运动服，无端地露出一脸的狠劲儿。途狼队是个火辣新潮的年轻姑娘，她青春无敌的笑脸在黑色队伍里特别醒目。他们在赛道上角逐着。

两支队伍都铆足了劲儿。

一会儿途狼占优势，一会儿鹿鹿领先。赛跑的热烈与早晨城市的安静形成了强烈的对比。途狼跑团的姑娘们像一群飞出笼子的小鸟，叽叽喳喳。鹿鹿跑团的汉子们尽管年龄参差不齐，但聚集到一起仍是荷尔蒙爆棚。谁知道呢，运动本身就是别样的两性认知。

老街，除了属于早晨的悠远吊嗓子声，还有茶水炉咝咝的鸣叫声，不远处的流水声。

"嫂子，来盘干丝。"

晨跑结束，才六点不到。老街上人影稀疏，晨练的人们三三两两休闲地边走边聊。林会长拎着手袋，东哥跟在后面，林会长每天到浴室开门前，必去皮包水茶楼。

"好嘞！"嫂子边应，边利索地瓢干丝！她一身白大褂，一顶高帽把头发拢到里面。

"看您干活真是享受。东哥，憋在那儿生什么闷气啊？"林会长嘴上说着，口腔里直渗口水！东哥气哼哼地说："这帮兔崽子！小丫头片子。"

一柄小刀在她手里上下飞舞，一块豆腐干很快薄如蝉翼、细如麻线。嫂子笑着说："又斗上了？跟一群年轻姑娘，犯得着吗？真搞不明白，你们跑步是为了啥呀？还生气，看看你。"

"东哥自从参加我们跑团，每天跟儿子一起长跑，都快变成老小子了。好了，消消气。谁在前，谁在后，名次不重要，关键是这每一步都是我们的双脚实实在在迈出去的。我先回，得开门了。"林会长笑呵呵地拍着肚子，"我说嫂子，讲实话，在这开店快二十年了，跑完步，不来盘你做的干丝，对不住我这五脏庙，一天都提不上神！"

"那敢情是，就像那些个老浴客，不到你那水包皮泡个元宝澡，这一天都白活了。"嫂子笑吟吟地，将开水浸泡好的干丝，抓到林会长带来的搪瓷缸子里，蜻蜓点水般掠过那些碗碟。红大椒丝儿，黄姜丝儿，香菜末儿，花生米儿，一溜儿撒上。黄豆酱油，小磨麻油，淋上。

"哎哟，真是一色儿香。走了，你们两口子，回见。"林会长走出店，哼起了京戏。

  老蔡阳的人马来到了古城边

  城楼上助你三通鼓

  十面旌旗壮壮威严

  哗啦啦打罢了头通鼓

"回见，慢走啊。"只听得刀切在砧板上的声响。林会长侧耳听了，一笑，继续唱将起来。

  关二爷提刀跨雕鞍

  哗啦啦打罢了二通鼓

  人有精神马又欢……

声音渐行渐远。

【镜头四：水包皮老澡堂】

澡堂子内，一式儿老物件。

林会长边听戏边吃早茶。

电话响了。"喂，洪海啊，我在店里吃早茶呢，"他敲敲搪瓷缸子，"哈哈，听到没，酽酽福香春，就皮包水干丝、灌汤包子、翡翠烧卖、虾仁蒸饺，馋着您啦！哈哈，什么，您回来了？大家伙儿就盼着您呢。泰马嘉年华，真来劲儿啊。行，您安排，我来办！"

林会长翻手机，发出群集合令。

（音乐响起，从千垛菜花、李中水上森林的万人长跑，到溱湖的铁人三项比赛，人声鼎沸的浩大运动场景。推出片名"鹿鹿跑团"，一个个跑者相继换下代表其职业的服装，精神抖擞地跑出镜头。）

  抱臂转身，冷峻的机关干部洪海 45 岁

  浴室老板、跑团俱乐部林会长 60 岁

  社区民警曹大 50 岁

围棋道场老师老井，又称井五段　24 岁

街舞工作室老板、摇滚歌手小野　30 岁左右

卖臭干师傅东哥，小野父亲　68 岁左右

瑜伽达人俊俊　28 岁

【镜头五：泰州，桃园，老街】

春天，凤城河畔的早晨，到处是鸟语花香。环河游步道上，来来往往的都是晨练的人。八点之前，这个世界是属于市民的。等到各路大巴驶进老街，天南海北的游客就会来到这里，体验属于这座城市特有的人文气息。

"哈哈，你可越来越精神了，马达。"一群跑友与马达热情地打着招呼。

"哎哎，好多了，感谢感谢。"马达与大家逐一击掌示好，快乐地慢跑。

"大作家，洪海哥要回来了。"小野兴奋地告诉马达。

"洪海是谁呀？看你小样儿，这么崇拜他！"马达逗他。

"他呀，我心中的大神、大牛。特种兵部队转业的，可厉害了。"小野一脸的崇拜表情。

"这么神？"马达说。

"当然。他是我们跑步界的大咖，你信不信，每周能跑三四个半马。"小野毫不迟疑地说。

"了不起。"马达赞叹道。

河对岸是南山寺，马达有意放慢脚步，对脚下所迈出的每一步，他的内心都充满了感激。迎面或从身旁跑过的跑友们的面孔是熟悉的。他们的职业是什么，马达不得而知，只知道，每天，在特定的时段，他们都会在这里相遇，互致问候。马达有时候也在想，时空是一个巨大的磁场，每个人都是其中的一个粒子，也许从出生开始，就被这无形的磁场所推动，不断地相遇，有的会相知相爱，有的会交错而过，甚至会反目成仇。就像一个硬币的两面，这一秒发生的也许是下一秒将要发生的背面而已。不过，那个洪海，究竟是个什么样的大牛呢？马达的内心狡黠一笑。

"过会儿见,老地方见。"他挥手致意。

【镜头六:小野街舞工作室】

音乐声节奏明朗,听得人跃跃欲试。

马达朝小野招手,跳街舞的女孩子看到马达,立刻呈包抄势,一个个妖娆而来,一副副迷妹表情。

"我这老病号,每次来都恨不得要流鼻血。小弟,你真厉害,哥我服你!"马达对众女子熟视无睹,作老僧入定状。

"没看到我在上课吗,哥。你能春心荡漾,就说明你死不了。我早说过,一个男人如果看到美女没有反应,就不能算男人!"小野头也不回,拍拍手掌,那些姑娘笑嘻嘻地回头站位,他一一纠正学员的姿势,马达悠闲地抱着手臂旁观。

"我说哥你也别闲着,牛扣桩上也是老,啥事不干不闲得发慌?我把你捡回来,吃喝拉撒我管着,凭啥?凭我有一颗善良纯洁的心?不,不,哥,我说你咋这么单纯呢?"小野唠唠叨叨。

马达幽幽道:"兄弟,原以为你是哥儿们,谁知你真娘儿们!知道不?总有一天,你舍命救人不图回报的丰功伟绩会载入我的小说。等着吧,我会像村上春树一样的。"

"我知道村上春树是你的偶像,不过他的小说,我读得不多,但是他的长跑我是知道的。"小野翘起大拇指,"厉害。"

马达懒洋洋地倚着门。

"干吗,别笑,有这么好笑?"小野抬抬姑娘的手臂,那姑娘躲闪着,忍着笑。

小野呵斥道:"知道不,你这如花似玉的小脸蛋,在我眼里,就像医生对着病号,没感觉的,知道不?"

马达跟那姑娘挤挤眼。

"大作家,再见。"

"大作家,再见。"

下完课,马达懒洋洋地跟姑娘们告别。

"姑娘们,再见,爱你们。"

"还有几个疗程?哥。"小野盯着马达的光头问。

"你这口吻,真像我妈。"马达说。

"化疗嘛,总归很痛苦的。算了,只有我前世欠你的,把你当正常人。也可惜了我妈每天早上送你的老豆浆。东西寄了?"小野边拾掇边捧起茶壶呷口茶。

"寄了,死马当活马医吧。"马达与小野席地而坐。

"说你自个儿呢。傻瓜!女人嘛,如果真爱你,会不顾一切飞奔而来的。"

"谁知道呢,像我这么个垂死之人,还能怎样?"马达心灰意冷。

"抖擞精神,哥,人挪活,树挪死,你看谁容易?谁都不容易,不容易也得活着。不然,对得起我们每天的这一杯茶、一盘干丝、一盆鱼汤吗?哎,跟你说啊,今晚夜跑去。"

"不去。"马达回道。

"不去也得去。今晚,我还得跟那帮丫头比画比画呢。"

"哎哟,瞧上了?"

"那丫头片子我能瞧得上?亏你想得出。我就这水准?跟你说啊,别笑,你一笑,我就觉得瘆得慌。你们作家就爱琢磨人,谁知道你在笑的时候,那一肚子的下水是好的还是孬的?我啊,就跑步时我是我自己的主人,管我的丫头还没从她娘胎里出来呢。怎么说,今晚去不去?"小野说。

"兄弟,别逼我。"马达虚弱地说。

"我不管,你也别总把自己当病秧子,癌症又不是什么攻克不了的难关。反正在我看来,你埋头吭哧吭哧天马行空写小说是自由的精神运动,我只知道,我在跑步时,头脑里充斥着各种稀奇古怪的念头,但这并不影响我的双腿向前奔跑,在我看来,这世界上最自由的运动就是撒腿长跑了。"

"我叫你一声哥哥,我不去。"马达往后缩。

"叫大爷也不行,谁让我把你拖回来了呢,早晓得就由你在北京投什刹海淹死算了。瞧瞧,你这样,我叔婶好吃好喝地白养你了,我们几个图啥?对——你——负——责。别叽叽歪歪的,正好,洪海回来了,今晚夜跑,不见不散!"小野不由分说。

【镜头七:夜跑,天德湖公园】

"洪海,洪海。"跑友们看到洪海一出现在跑道上,一个个跑过来跟他又搂又抱。他的身旁,是他的妻子。

"哎哟,陈医生也来助跑了。敢情洪海的福气真叫个洪福齐天啊。"大家伙拿洪海打趣。

"难得,难得。平时我都在外面,难得陪她。"洪海说。

"马达,马达,来,来,旗拿上。"林会长把马达拉到洪海身边,"这是洪海,这是马达。这是咱们的警察叔叔,叫他曹大就是。"

"兄弟,我早听说你了。悠着点跑,别铆了劲儿。"洪海叮嘱道,他把马达介绍给妻子陈医生。马达的心里热乎乎的,朝陈医生拱拱手。

那边曹大上来又搂又抱的。

"我说曹大,你这热乎劲儿咱们大作家可受不了。"东哥说。

曹大不好意思地抓抓头。

夜色中,拎着手电、举着旗的跑友们,热情地相互打着招呼。

那一边,途狼跑团吵吵闹闹,也拉开了架势。"整个的阴魂不散。"小野说。

"骂谁呢?"领队姑娘挺凶。小野一看,是那天带头挑衅的俊俏姑娘。

"谁接茬,就骂谁。"小野毫不示弱。

"我知道你,不就是那个搞街舞、搞摇滚的三流歌手吗?"姑娘冷嘲热讽。

"干吗?三流咋的,你来个一流的给我瞧瞧。"

那姑娘鼻孔里差点蹿火,冷不丁地来了个倒立,众人不由得脱口叫好。

小野眼睛溜圆："哟呵，瑜伽姐，来真的啊？"

姑娘说："普及一下，这叫单腿脊柱伸展。不要以为你们鹿鹿跑团很厉害，你们不就仗着衙门里有几个体面的人物吗？别忘了，山外有山，天外还有天哪。"

"别嘚瑟啊，有本事换个时间较量下啊。"小野不服气。

马达帮衬小野，跟他耳语道："跟个姑娘计较啥啊，走吧。"

两人扭头便跑，途狼跑团的姑娘们发出哄笑声："来吧，小子们，单挑还是组团？请便，姑娘我奉陪。"

"哎，还真是个小辣椒呢。"小野边跑边回头跟姑娘说着。那姑娘朝他做着鬼脸。

"夜跑的人真不少。"洪海夫妇与马达并肩慢跑。一路上，播放着歌曲、扛着队旗的人不断擦肩而过。

"还是咱们家乡的生活状态好啊。"马达由衷地说。

"与死神赛跑的滋味，比较特别吧。跟你说啊，在你身后的这支队伍中，有不少这样的人。"洪海目视前方，跳过马达的话题，两个男人的对话，无须多言，都懂。陈医生安静地在旁边陪着慢跑。

马达将信将疑。

"看到没有？那个大姐，每天早上十千米，为的啥？家里有俩病人，老公帕金森，小叔子是智障，吃喝拉撒全靠她一个人。我曾经跟她唠过，她倒是很平静，说，不跑不行啊，体力不够，只有把身体锻炼好了，才有能力去照顾自己的家人。"洪海平静地指着一个瘦削的中年女子说。

"够励志啊。"马达朝那个瘦削的身影投去敬重的目光。

"你再看，那老头，东哥，小野他爸，原先老三高，现在三高没了，成天看到谁就拉着人家说，健身房那是骗钱的，长跑吧，长跑吧。长跑，不花钱，利尿排毒，强身健体。"洪海指着热情又倔强的东哥。

马达说："我住他家隔壁，他可比东婶还唠叨。"小野朝马达耸耸肩膀。

"在跑的过程中，你有时会胡思乱想，但到最后，你只会得出一个结论，那就是排除一切困难，必须跑完全程。不信，你试试？"

马达调整好呼吸。

小野边退着跑，边朝他们笑道："死都死过了，还怕跑完这一段？哈哈，我开街舞工作室之前，曾经干过各种各样的营生，当然，除了没贩人。我爸妈说早晓得费事巴拉把我培养成一名大学生，回来只是搞个街舞工作室，还不如当初一把把我摁马桶溺死。"

小野说："他们总想着让我考个铁饭碗，做个机关干部啥的光宗耀祖，我才不受那个累呢。搞个工作室，想跳就跳，挣点闲钱，自由自在。你看，世界这么大，我不能老是圈在这一座小城池里，说不准我什么时候还要来场说走就走的旅行呢，就像哥你一样。你看，我现在一心只想着挣点钱，攒点出去看看的资本。再说了，这长跑啊，已经变成了我的生物钟，成了我生命的一部分。到这个点，就必须撒开腿跑起来。"

"运动跟旅行一样，都会上瘾的。"洪海说。

"你不是上瘾，洪海哥，你是着了魔，成了道了。说实话，这么多跑团，我小野为什么选择追随你？就是因为，马拉松已经融进了你的血液，变成了你的灵魂。"小野说。

洪海说："有吗？这么夸张？"

陈医生也说："你把他说成了魔，那我不成了妖了？"

"你小子啊，我就发现你心像你妈，嘴就像你爸，一个字儿，贫。"马达笑着说小野。四个人紧紧地跟着大部队。

【镜头八：体育馆】

灯火通明。

砖红的跑道上，有两个人在跑。

洪海机械地迈着腿，两只眼睛被汗蒙住，捋一把，很快又被汗水糊住，酸涩得睁不开，再捋一把，浑身上下全部湿透。

一圈一圈又一圈，双腿有力地弹跳在跑道上，只听到心脏在扑通扑通地狂跳,他咬紧牙关,调整呼吸。

有一个人被远远地甩在后面,肥胖的身体在跑道上宛若一个富有弹力的皮球。

体育馆的中央,一群人焦虑地注视着跑道上的这两个人,几个保镖模样的人虎视眈眈地盯着洪海。

"这小子是不是人?已经超过全马了,怎么还在跑?"其中一个操着广东口音说。

"今天不正常,绝对不正常,你没看到老板今天也怪?明明掉了那小子几十圈了,怎么也还在跑?"另一个朝他耳语道。

一旁的女秘书嫣然笑道:"你们懂啥?这小子可精了。老板就那么随口说了句,跑一个马拉松,那100亿的新药项目就按他的要求落户,哪个晓得他撒腿就跑。"

"切,只听说招商有陪吃陪看的,今天跑出来个陪跑的,而且是马拉松,新鲜。"保镖钦佩道。

跑道上,胖总裁气喘吁吁地瘫倒在地上,一群人连忙跑上前去,又抹胸,又揩汗。

胖总裁朝他们摆摆手,上气不接下气道:"叫他停下,停,停下,我,我服了。"

洪海减速跑完全程,走到胖总裁面前,向他伸出手,一把把胖总裁拉了起来。几个保镖目瞪口呆地看着他,一脸的崇拜啊。

时间飞过,园区开工现场,身穿正装的洪海与胖总裁热烈地握手,签约。

【镜头九:某医院康复中心】

医院的长廊,手术推车滑过地面,更显空荡,马达躺在车上,神情自然,一旁的几个铁杆兄弟拿他逗乐。

"我说大作家,化疗痛苦吧?"老井和小野推着马达,小野问。

"尚好,尚好。"马达一边一个握着老井和小野的手。

"你那北京的亲爱的，要是看到你这熊样，不晓得有多心疼呢。曹大，你扶着。"小野促狭地朝马达说。

"你要干吗？"马达挣扎着要爬起来。

小野闪到一旁，笑着说："这些珍贵的影像，将来都是你和你那亲爱的用来珍惜的美好回忆啊。"他边说边用手机摄制视频。

曹大说："苦情戏，套路。"

"哈哈，人啊，经过这番生死较量，我大可再活几个轮回。每一次化疗，我都有一种凤凰涅槃重新活过来的感觉。说实话，没有你们，我也许早就灰飞烟灭，化作一团春泥了。"马达躺在推车上，笑着说。

"不过是化疗，你就吓尿了？回头等你恢复了元气，咱们再开跑，途狼队那帮丫头片子，已给我们下了江湖血书。我发现啊，只要有你在，咱们的鹿鹿跑团就有了灵魂，有了底气。哈哈。"小野永远热情洋溢。

"瞎蒙吧，心心念念那丫头。我说小野，你爱上那丫头了吧？"老井说。

"切！我会看上她？笑话。"小野矢口否认。

"有本事，你别躲闪。要不要赌一把，我预测不出一个月，你会乖乖成为那丫头的俘虏。"老井使上激将法，马达与曹大意味深长地相视一笑。

"井五段，呵呵，我表示呵呵。"小野耸耸肩。

"好了，你俩别吵了，让马达耳根清净些吧。这边把马达安顿好了，林会长还邀请我们到他那下盘棋，泡个元宝澡。别看外边那些个温泉，都是套路，要论这泡澡的功夫池，非得水包皮这类的老澡堂不可。"老井乐呵呵地说。

"我说井五段，兄弟，你道骨仙风，可别装深沉啊。我这个人简单，不像你们下棋的会绕十八道弯子。像你这样的理科状元，如今实实在在地开道场，搞培训，我真服了你了。"小野不依不饶，嘴上仍调侃老井。

"彼此彼此，理科状元，早已是过眼云烟。如今，千军万马都在我的头脑里，我只是一心一意把我们泰州的棋文化做好，不枉我们是棋圣故里。跟你，唉，不说了。"老井淡然一笑。

"好了，好了，你们全都是各路高人。我马达有你们这帮好兄弟，死也瞑目了。"马达感动地拉起两人的手。

手术推车稳稳地行进在医院的长廊中。

"你就煽情吧。"小野忍着泪,佯装别过头,"又不是什么生离死别。记住啊,你可不能死,否则,我们这一帮小人物的丰功伟绩,在历史的长河中就没人记载了。以后写小说时,记得把我们塑造得好一点。"

"唉,天下之人,皆为利来。"老井对着小野摇摇头,幽幽发出一声长叹。

【镜头十:北京,某高级公寓】

"姐,你的快递。"门铃响后,是快递小哥的灿烂笑脸。

长发女子接过快递,仔细端详着,许久才慢条斯理地打开,这次是一袋手工干丝。她一打开信,不禁对着信笺上的几点墨梅发了呆。

(画外音响起:马达的声音。)

亲爱的,你不是说过,从前的人,很慢,很慢,从外到骨子里头都渗出闲适来;从前的情话,都是一字一句写在纸上,而后不知不觉刻在心上。这信笺上的梅花,是我跟南山寺的师父学的。把落在地上的梅花花瓣捡回来,烘干,而后用双面胶粘在这信笺上,是不是特别美?

我的另外一个兄弟,老井,开围棋道场的。寺庙里的和尚经常请他去对弈,我跟他一起去过,我就特别喜欢那儿。在泰州,这样的闲适,在我身上,竟然成了治病的良方,而且不需要支付特别的治疗费用。今天上午,我们在寺庙的兰圃里品茗下棋,这里的和尚真的考究,茶是从山里寺庙寄来的,梵音在侧,品茗对弈,不知不觉,手谈了一个上午。

(镜头闪回)中午在那用了素餐,胃口大开,有两道菜,简单到极致。云片绿胭,说的是菠菜拌干丝,干丝雪白如云,菠菜如菜中胭脂,寄给你的干丝,你大可按此方法制作。还有素雪红梅,你一定想不到,是雪里蕻炒毛豆,点缀些姜丝大椒。说到这,我还唇齿生津,意犹未尽。下午,和尚师父们做功课,诵念经书,我借大师父的书房写信给你。

假如真的可以穿越,你和我一定是在宋朝,那个极素极简的朝代。悬腕用墨，我的头脑里都是与你，在那个朝代，手挽手踏雪寻梅的场景。爱你的马达。

读到这里，长发女子不禁发了痴。（穿越，着宋服场景略）

她转身看到搁在桌上的一大束玫瑰和一个首饰盒，想到白衫人单膝下跪求婚的场景，脸上的表情又转而阴郁下来。

（镜头闪回）白衫人单膝跪在地上，捧着珠光四射的钻石，对着她深情地说："嫁给我吧，我会让你一辈子幸福的。"

她的背影是僵硬的，耸动的双肩说明她在抽泣。

"你知道吗？他来信了，他还活着。"她神经质地拿出他的信。

他恼怒地摇着她的双肩："你清醒清醒吧，一个穷酸，一个垂死的北漂之人，就值得你如此坚守？我能给你在北京最好的生活、最好的发展资源，他能给你什么？"

"让我想想，再想想。"她道。

【镜头十一：泰来面粉厂空地前，若干个集装箱】

鹿鹿跑团与途狼跑团各自组织了一个方阵。夜色中，不少人沿着河岸悠闲地散步，看到两个团队斗跑，陆续围拢过来。

"怎么玩？"那姑娘挑衅道。

小野抱着手臂，对方阵容庞大，知道善者不来："女士优先，你先说。"

"那好，你们不是个个才高八斗吗，咱们就来个才艺大比拼。"

"我说瑜伽姐，你且报上芳名来。"

"有这个必要吗？"姑娘冷冷道。

小野把马达推上前："大作家，马达，刚从北京回来。他是第三方，裁判。"

"哈哈，从北京回来了不起啊？马老师可没我们的毕飞宇毕老师帅，北京的雾霾啊，跟我们的水上森林相比，反差太过强烈了。"姑娘伶牙俐齿，反应敏捷。途狼跑团看到光头且瘦弱的马达，发出嘻嘻哈哈的笑声。

"我是打道回府。"马达不好意思地说。

"明白了,类似于城里叫南南的,回了老家就成了兰花花;城里叫刚刚的,回到老窝就成了铁蛋。"姑娘继续笑道。

"你这话我爱听。"小野指着马达的光头说道。

"重色轻友。我说你一定会爱上她,从今天起,进入倒计时。"老井对着小野耳语道。

马达挠头,虚弱地笑笑,心想,这姑娘有意思。

瑜伽姑娘当即领头,做起了瑜伽高难度动作,身着瑜伽服的姑娘军团优美地摆开了阵势,嘴里不住地娇喝:鹤禅式,蝎子式,八曲式。

接着,一声爵士乐炸响,小野率领他的学员,身着围棋服,跳起了炫目街舞。

途狼队不甘示弱,画风一变,操起琴、筝、二胡、琵琶等家伙,演奏起泰州古乐来。"是《傍妆台》,咱们泰州的古乐。"围观群众啧啧称赞,不断叫好。

(音乐响起:《这里是泰州》,小野头戴面具搞怪出场。当中,面具不断变换,大演变脸。)

   柳敬亭就是我

   生在古海陵

   想我当年未火

   一直辗转不停

   当年指柳为姓

   指山成了名

   我摇身一变成了柳二麻子柳敬亭

   正义在胸 时代轮空

   昔日评书评话

   如今来段嘻哈

今朝泰州百姓

生活如此恬静

我敬亭如此庆幸

盛世高楼如林

想起昔日孔尚任治水不成

埋头写之桃花扇　也无所不能

首演在渔壮园　当年尚任兄故地

今日成了桃园　唱尽离合悲欢

当日船头对饮　今日亲眼为见

当年四处奔波　今日从不亏欠

兴化施耐庵　一百单八将梁山相见

后有梅兰芳　他代表着极限

副歌：

  这里是泰州　泰州文化如此绚丽　八方林立

  这里是泰州　三水湾和柳园　让我想起它的回忆

  这里是泰州　盐税文化禅修文化国之奇迹

  这里是泰州　凤城河上戏曲悠扬无法比拟

柳敬亭就是我

生在古海陵

想我当年未火

一直辗转不停

当年指柳为姓

指山成了名

我摇身一变成了柳二麻子柳敬亭

敬为爱国之士

为国家可以蓄须明志

昔日扮演虞姬　虞姬　令人叹息

霸王别姬还有贵妃醉酒　杨玉环她的美貌倾城万世不朽

少年穆桂英挂帅　时不我待

梅兰芳创建了梅派　他传承千代

又讲起泰州学派　代表人王艮

百姓日用即道　然后有条不紊

众多学者都对他高度评价

税务桥税东街税碑亭等等盐税文化

泰州禅修文化

南山寺西山寺北山寺光孝寺

等等　流芳万次

副歌：

  这里是泰州　泰州文化如此绚丽　八方林立

  这里是泰州　三水湾和柳园　让我想起它的回忆

  这里是泰州　盐税文化禅修文化国之奇迹

  这里是泰州　凤城河上戏曲悠扬无法比拟

见到泰州老街小吃包罗万象

早餐鱼汤面烫干丝蟹黄包等等各种各样

小吃黄桥烧饼还有油炸臭干

除了靖江肉脯顶绝溱湖八鲜

这里是泰州　泰州文化如此绚丽　八方林立

（海阳亘古千秋）

　　这里是泰州　三水湾和柳园　想起太多回忆

（不只有盐的流通）

　　这里是泰州　盐税文化禅修文化国之奇迹

（还有文化伴着古松　四通八达便利交通　通往幸福时代之钟）

　　这里是泰州　凤城河上戏曲悠扬无法比拟

（望海楼上远眺　泰州让我骄傲）

　　故事还在继续　请听下回再叙

（惊堂木拍案声结尾）

　　双方尽情展示，赢得游客和市民阵阵掌声，大家不住叫好。

　　瑜伽姐若有所思地盯着小野，末了，她大大咧咧地朝他抱抱拳："我叫俊俊，用当下的嘻哈说唱方式来演绎家乡文化，更高一着，我们途狼队心服口服。"

　　"承让，承让。"小野谦虚地抱拳。

　　"我有一事不解，请教。"俊俊英姿飒爽。

　　"愿闻其详。"小野道。

　　"这个变脸应该是川剧绝活，怎么会应用到这个嘻哈上？"

　　"我们的这个嘻哈评话，融合了我们泰州的戏曲三家村和泰州学派的哲学思想，借用川剧变脸的技术，其实变的是评话祖师爷柳敬亭在说书时的各种表情。"

　　"这分明就是表情包啊，受教了。"俊俊抱拳说。

　　马达宣布：一比一平。

　　一双眼睛在人群中闪出别样的光，这道光让马达的后脑勺莫名地刺痛。马达回头去找时，仅仅是一个瞬间，那发着狼一样绿光的眼神就倏地不见了。

　　"见鬼了。"马达心里莫名有些堵，像他这样有着超乎寻常的第六感的人，任何微小的变化都会引起他的警觉,也许斗跑仅仅是个开始,这背后是否还有不为人知的故事吗?他下意识地摇摇头,否定了自己的这个第六感。这次化疗之后,他整个提不起精神。越是对着眼前这些鲜活的生命,马达的心就越有种坠入时光隧道,一点一点地被动地剥离而去的感觉。

"我会死吗?"也许,这样温情地死去也不失为一种活法。

【镜头十二:冬季马拉松赛前】

跑友们在做赛前的各种准备。

不一会儿,跑友们的手机都嘀嘀响起来,大家不约而同地掏出手机,"核心层紧急会议,老地方。"大家放下手上的活儿,直奔泰来面粉厂。门口醒目地放着一个倒计时牌,上面写着:血战泰马45天。

一看洪海凝重的表情,大家伙儿知道,这是有重要事项要发布的前奏。

洪海说:"大赛在即,我有个想法,要跟大家沟通下。"

"什么事儿,头儿你就发布呗,反正你说啥我们都爱听。"小野蹲在沙包上说,边朝马达努努嘴。

林会长说:"我们麋鹿跑团跑到今天,不容易。只要不违背我们的初衷,不为利,不为钱,头儿您发话。"

"健康第一,信仰第一。"小野说。

"不忘初心,努力前进。"曹大一本正经地点点头说。

老井面容平静,露出别样的深不可测。

"我们为什么而跑?每个人能说出不同的理由。跑了这么多场马拉松,我突然发现了一件事。"洪海说。

"什么事?"老井与小野不约而同,异口同声,两人相视一笑,旋而击掌。

这时,会长的电话响了。

他接通电话,面色微微一变,旋即又控制住自己的表情,只是简单地说了一句:"我就来。"

他跟洪海耳语了一番，披上衣裳，跟大家打了个招呼，就急忙离去。

其他人一脸懵圈。"啥事儿啊，这么着急？"

洪海接着说："我们跑了这么多场，论个体耐力和团队实力，我们都是一等一的，但是缺少一样东西。尤其是上次在厦门组织了急救之后，我一直在思考，马拉松在我市还没正式举办过，据我所知，我们这座城市虽然小，但是热爱运动的人却很多，特别是跑马拉松，我们身边有不少跑团都喜欢到别的城市去参加，但是不少人对这项运动的风险一无所知。"

"哎呀，洪海，挑重点，这样说话不是你的风格啊。"小野快人快语。

"别急，我一直在思考，能不能建一个公益组织？"洪海试探着问。

"不行，不行，我反对。我就怕给什么高帽子套住了，一旦套住了，人就失去自由，我们也就享受不到撒腿奔跑的乐趣了。"小野第一个跳出来。

东哥也捂着胸口，作晕倒状："洪海，你可千万不要提那厦门的事儿了，说到这个，我就后怕。回来后你知道你嫂子是怎么罚我的吗？"

众人齐刷刷地坏笑道："跪踏板。"

洪海的心里也划过一道闪电。谁不是呢？那个场景，想起来真是惊魂一刻，多少次他从噩梦中惊醒，妻子陈医生对他们在厦门的施救行为虽然没多说什么，但每次他从噩梦中惊醒起身，她也会一同醒来，很担心地凝视着深夜在窗前徘徊的他，许久，她会端一杯水来，递给他。生活中，每逢他遇到烦心事儿，他知道，她都是他最坚定的支持者。

（镜头闪回）如此，成立公益组织的想法，他也跟她交流了。她在厨房里忙乎，半晌，她说："海啊，你是个领导干部，成立这样的组织，别人怎么看，你想清楚了没有？"

"只是公益组织，一不占用公共资源，二没利用我的职务影响力，这有什么呢？"他安慰道。

"我就怕别人说闲话，干部不像个干部，倒腾这些，你自己不觉得，也许有人会钻空子呢？"陈医生担心道。

"干部就应四平八稳，摆出个官样子来？难道热爱生活，组织公益活动，组织上也会追查？"洪海说。

"一说这些，你的牛脾气又上来了，这些话呀，你只能跟我说。你呀，我是前世欠你的。"陈医生嗔怪道。

"我是大海，你是港湾。"洪海拥抱妻子。

"吃饭喽。"陈医生笑着叫道，"波波，快点来吃饭喽。"

儿子波波欢快地出来，一家三口，其乐融融，围桌吃饭。

【镜头十三：闪回厦门马拉松】

赛后，鹿鹿跑团的七名队友，与来自全国各地的选手一起奋战厦门马拉松。此行，他们是想通过这次活动来展示自个的实力，为参加本市的马拉松做个热身。

虽然大家都不熟悉，但是从赛场下来的兴奋，使整个车厢充满了欢声笑语。突然，一名年轻选手不知什么原因，轰然倒地，口吐白沫，手脚抽搐，车厢内一片惊慌。靠近倒地选手的洪海迅速站了出来，他朝队友发出一个信号，林会长和曹大迅速上前。

"怎么办？怎么办？邪乎了，刚刚还有说有笑的。"林会长搓着手，连连说。

"别慌。"洪海说。他扒开患者的眼睑："请大家往后退退，给他留点空间。"周围的人连忙后退。

会长惊慌失措道："洪海，你懂不懂，弄不好要出人命的。"

曹大也朝洪海递了一个眼色，意思是别管了。

洪海果断地命令司机："师傅，靠边停车。"车厢内众人紧张地坐在位置上不敢动弹，却又议论纷纷。

"哎呀，这不是闹着玩的，赶紧送医院啊。"

"我说这位跑友你有行医资格吗？耽搁了就闹大了，到时候可别牵连上我们。"

曹大大吼一声："都给我闭嘴。哪个没事闲得慌。"

车厢里的喧闹戛然而止。

"请大家保持冷静，这事由我来负责处理。我是泰州跑友洪海，请大家相信我。"

车一停稳，其他队友也赶紧拨开众人，协同配合。几个人迅速将病倒的选手抬下汽车，放到路边的安全地带，放平。洪海紧急地察看症状，选手这时已面色苍白，意识模糊，手脚不停地抽搐。从选手的着装和编号来看，这名选手是全程选手。

"哎哟，这个人不会要死了吧。"一名队友咋咋呼呼。

小野他们朝那人瞪了一眼。

洪海扒开患者的瞳孔，发现有些散，他的手不由自主地哆嗦起来。

曹大低沉地说："没治了？"

"估计这是超大运动量之后，体力急速透支而引发的严重低血糖和心律失常。"洪海也压低声音说。

"怎么办？"

"试试看吧。"洪海直起身对从车厢里下来的其他跑友冷静地说，"你们听我指挥。"其他几个人立即待命，神色紧张地听着洪海的安排。

"你负责观察心率和呼吸。"林会长赶紧搭住选手的脉搏，开始报数。

"你负责打120，说出准确位置，千万不能错。"老井赶紧四处张望，寻找醒目的标志性建筑，拨打电话。

"你负责指挥交通，维护秩序，准备接应。"曹大火速到位。

洪海和小野轮流给病人进行心肺复苏。

林会长紧张地报数。

病人瘫软，无生理反应。洪海和小野大汗淋漓，小野的双手在颤抖。

"他会不会死？洪海，洪海，我们这回完蛋了。"小野面色煞白，紧张得语无伦次。

"沉住气。"洪海低声喝住小野。

小野按住那患者的胸腔，快要哭出来了。

"不行，不行，会死人的。洪海，你快看看，医院里头有没有熟人？"老井在一旁提醒道。

洪海汗如雨下，他点点头，手忙脚乱地拨通电话："老婆，快点，我只能向你视频求援了。"

他随即对着视频，将患者的特征进行现场描述。

"心率？报数。"陈医生冷静地指挥道。

洪海准确地报数。

"血压？报数。"

洪海继续报数。

"瞳孔放大，患者已无意识。"洪海惊慌道。

"患者手脚抽搐。"洪海面色苍白，他一边注视着患者的状况，一边全神贯注地侧耳听着视频里的指挥。

"好，强行心肺复苏，加大手腕力度。"

远远地，曹大在紧急指挥交通，车流长而有序地缓行，避开这起马路上的急救现场，120救护车火速急驰。

车流，车窗内向外张望致意的人群。

时间一分一秒地过去，过了大约八分钟，林会长惊喜地叫道："脉搏趋于稳定。"

"脉搏趋于稳定。"他向视频里的妻子汇报。

"给他补充能量胶。"陈医生继续指挥道。

"东哥，快，能量胶，电解质，快点给他补充能量。"洪海边吩咐边继续按压。东哥颤抖着双手，从包里翻出随身物品，给病人喂服。

车上的跑友抱出大毛巾，洪海和小野连忙把病人裹住，给他保持体温。围观的人群发出胜利的欢呼声。

洪海把视频对准欢呼的人群，把这份感动与爱传递给视频那头的妻子。

视频那头，陈医生也激动得热泪盈眶。

这时，120急驰而至，众人将患者抬上救护车，洪海简短地把病情跟医生做了汇报，医护人员迅速让他吸氧、补水。缓缓睁开眼睛的选手虽然不能说话，但是他仍艰难地抬起双手，合十，向洪海他们致以无声的感谢。

围观的人群爆发出雷鸣般的掌声，有序缓行的车流也鸣笛致敬，前后十分钟的时间，一座城市被这个突发事件感动，数不清的微信朋友圈竞相转发着这个惊心动魄的救援视频。然而，洪海他们却在赛后悄然离去。

【镜头十四：某公司画室】

写字楼高耸入云。

一间古朴的画室内，林会长谦恭地坐着，搓着手。面前的男人一身中式对襟白衫，身形瘦小，手里拿着毛笔，头也不抬，但有着无形的气场，压得他喘不过气来。

"会长啊，你的生意做得不错啊。"白衫人作着画，一口京片子。

"哪里，哪里。小本买卖，就图个家门口混日子。"林会长不安地说，一口方言。

"想不想做一单大一点的？"那男人径自画着梅花。

林会长咽了咽唾液，只见喉结滚动，那一朵朵墨梅在纸上晕开，好看，从会长的视角看去，却像一朵朵乌云。

"做了这一单，你那浴室嘛，就当自家的澡盆，高兴了，就约上几个老友，泡上一把，纯粹养生玩玩了。"

会长费力地抬起头来，眼巴巴瞅着面前的中年男人。许久，他才说道："你不是本地人。你怎么知道我的情况？"

"哈哈，你这样问，就太单纯了。"白衫人笑道。

"为什么会找上我，我不认识你啊。我一不偷，二不抢，除了做生意，就是跑步。我也没得罪啥人啊。"林会长急切地说。

"你别急。我只是想与你做个朋友。你们这次马拉松，全部由我来操作。谁赢谁输，当然也得由我来决定。"

"你，你，这是要赌跑？"林会长惊叫道。

"哪里话,我还要做这些吗?我的产业不但遍布全国,海外也有不少,我还要靠赌发财?只不过,觉得做这个比较有趣而已。"

会长的心突突狂跳。

"不要害怕,我又不是什么黑社会。只不过是对你们这里搞的这项运动感兴趣罢了。你觉得呢?怎么样,你感不感兴趣?"白衫人平和地说。

"这个?"会长的脸红一阵白一阵。他激烈地思考着,半晌说道:"这事儿,我得回去与洪海他们商量一下。"

"洪海,不就是那个处级干部吗?回去转告他,这事儿,弄好了,官有得做。弄得不好,呵呵。"那人落笔,拿起画,用嘴吹吹,"如何?"

会长欠身赔笑道:"这个,这个……"他的心里盘算着,面前的这个人来自北京,马达也刚从北京回来,他们之间难道有什么过节吗?

"别担心,又不是要你们谋财害命。你只要让你们团队的几个核心成员听命于你,让你赢你就赢,要你输你就输,明白?"

"我还是不太明白,如果不赌跑,你这么做的目的究竟是什么呢?"林会长低着头,小声说,面前的这个人身上的气息令他胆寒。

"想到千军万马都在我掌控之中,我就觉得很兴奋。怎么?这个理由够不够?"白衫人面无表情地看着他。

林会长不语,许久,他低着头离开。

【镜头十五:拉回泰来面粉厂】

讨论似乎陷入了僵局。

林会长进来时,谁也没有注意。他轻手轻脚地找个角落想坐下来,把纷乱的思绪理一理,小野那小子眼尖,顿时叫起来:"会长叔叔,咋没神呢?"

林会长尴尬地笑笑:"没,没,外面有风,哎哟,有点闹肚子。"

小野没心没肺地说:"唉,以为你会长去搞了个什么赞助呢?咱们鹿鹿跑团这次全马必须要全胜,而且要漂漂亮亮地全胜,不然,在泰马上不称霸,以后还怎么在江湖上混啊?没脸啊。"

"小野，别乱扯。听洪海他们的。"东哥制止儿子。

"我算是完了，跟老子一起，还混什么江湖啊？"小野嘀咕道。

这时，林会长已从凝重的气氛中捕捉到一些蛛丝马迹，他虚虚地探道："洪海啊，你可千万不能再往那方面想了。咱们安分守己，有空一起跑步健身，千万不能再没事找事了。"

老井也慢条斯理地说："如果我们这时候退出，就等于跟我们的赞助商毁约，咱们的行为也不符合契约精神。"

"是啊，洪海，井五段说得对，这个可要三思。想当初，咱们把跑团塑造成今天的这个形象，全部是靠我们一步一个脚印跑出来的，要不然，像那些机构能赞助我们？"曹大说，"我们这支队伍，算下来可是个不小的数字。如果退出比赛，赔钱是小事，我们的队伍，我们鹿鹿跑团还要不要在江湖上混了？"

"据我所知，这次全马，途狼战队是我们的重要对手。"老井说。

"你能跟人家比？"小野泄气，一屁股蹲在地上。

马达轻声问："就是那斗跑的姑娘？"

"对——的。"老井拖长了声音。

"别乱扯。"小野急道。

"搞什么？你不会对那丫头动心了吧？"老井斜着眼睛。

"井五段，我警告你啊，你少来。"小野掩饰什么似的给老井一拳。

"我想跟大家商量的是，不仅仅是建立急救公益组织，而且要退出本次比赛。"洪海一字一顿地说。

"坚决不行，我反对。"曹大一反常态，第一个跳将起来，"你这样一弄，我们前期好不容易搞来的赞助全部要泡汤，那些人可不是好惹的。"

林会长心里一咯噔，于是趁势虚弱地问："哪些人？"

曹大说："是什么人，你就不必知道了，我在公安，信息渠道要比你们多。"

"我反对。"老井说。

"我也反对。"东哥气呼呼地扭过头,站到儿子小野身边,花白胡子气得一抖一抖的。

"我还想,通过这个公益组织引导更多的人投身体育,将来还要把盲人也带起来,让盲人享受奔跑的滋味。"洪海继续说。

"你真是疯了。"大家异口同声。

"你们折腾吧,我无所谓。"小野说,"我的工作室本来就对我有意见,散伙就散伙,我要去挣钱。"

老井跳起来,一把揪住小野:"说好的信仰呢?"

"信仰?信仰值几个钱?你还真以为搞个长跑,就能跑出信仰来?傻瓜!井五段,松手!"小野翻着白眼。

老井一把揪住他的衣领:"你小子不地道。放屁也找个地方,有你这样的吗?"

曹大一把把两人扒拉开。

"大家伙儿不要激动,我说的退出比赛,并不是不参加全马,而是……"洪海说。

"而是什么?我就知道你的关注点根本就不在运动本身,这只不过是你逃避职场斗争的一个避难所。厦门救人又怎么啦,那是与死神的搏斗,你在机关,那是职场的搏斗,别指望再建个什么组织,把脚踩在我们的背上,就能往上爬,搞不好,摔下来,会摔个鼻青脸肿。"小野冷酷地说。

东哥愤怒得一拳打到小野脸上,鼻血顿时流了出来。"我抽死你个死小子。"东哥气急败坏地叫起来。

"不要你管,爸。"小野阴冷着脸,用手背擦去鼻血,杵在原地,瞪着洪海。东哥气得吹胡子瞪眼。

众人不语,现场似有万斤炸药,一点就着。

"你这是血口喷人。"老井激动地说,"我们鹿鹿跑团这么多年来,一直在全省都是响当当的。不是洪海哥领着咱们,哪有今天?厦门救人,那是出于本能。你不也第一个挺身而出了吗?在救人的一刹那,你是不是也热血沸腾,只想着把那条生命从死神手里抢回来？你敢说你当时是在矫情地演戏？"

"那次救人是迫不得已，与他的计划完全不一样。"小野指着洪海说。

老井一时语塞，又转向洪海："可是洪海哥，你知道吗？退出比赛，就等于把机会白白让给了那帮丫头。这可是我们鹿鹿跑团在自个城市的处女跑啊！"

"别吵了，都给我住嘴。马达，马达，你怎么啦？"老井喝住众人，现场瞬间安静下来，只见马达软塌塌地往地上倒去。

洪海、小野、东哥、曹大几个人连忙上前，只见马达面色青白，双目紧闭。

洪海扒开他的眼睑一看，面色大变，低沉地喝道："赶紧打120。"

老井迅速拨打120，洪海抱着马达奔向马路。

几个人都被这突如其来的变故吓坏了。120急救车飞驰而来，他们默默地跟着洪海，老井、小野爬上了车。

其他人立在原地，看着急救车呼啸而去，不发一言。

【镜头十六：北京，某高级公寓】

女子把外衣脱掉，从包里找出信，她迟疑地在台历上写上"3"。端杯咖啡，她慢慢坐下来，展开阅读。

（画外音响起：马达的声音。）

亲爱的：

"无情不似多情苦，一寸还成千万缕。""昨夜西风凋碧树，独上高楼，望尽天涯路。"知道吗？这些诗词可是晏殊大才子写的。有趣的是，我在泰州期间，发现晏殊、范仲淹、吕夷简这些大家在这里也留下了很多令人难忘的身影。孔尚任在泰州治水不成，反而写就了《桃花扇》。李渔，那么有趣的一个人，《闲情偶寄》中那些对亭台楼阁的描写，有不少泰州的影子。其实，人生就是一场精彩的长跑，足迹是否留下，还在于各人以什么样的姿态奔跑。

今天跟你说一说跑步的那些事儿。跟他们一起跑，我才发现我的软弱，我羸弱的身体与我沸腾的思绪永远是一对矛盾。我在跑的过程中，不断地质问自己，为什么这般熊包？是思想方面的问题，还是我天生就是一个逃兵？我跑啊跑啊，最后扑倒在地上，号啕大哭。跑步消耗我的肉体，我本以为我能默默咽下，但是我发现，我还是做不到。村上春树说过："当你不顾一切地坚持跑完，便觉得仿佛所有的东西都从躯体最深处挤榨了出来，一种类似自暴自弃的爽快感油然而生。"置之死地而后生，差不多就是这样的感觉。那天，我沿着城河整整暴走了一夜。你能体会，一个人被星空和整条城河包围，在天水一色之中的疏离感吗？那一夜，城市都已安睡，在星空与河水之间，我甚至都感知不到作为一个人的存在，我似乎已被稀释成为河水中千万繁星中的某一颗星，我漂浮在水中，水温暖地包裹我，温暖我，给我启示，让我安静而沉睡。

年轻女子满脸痉挛的痛苦表情，她把信掩在胸口，久久不能平静。一边是马达的来信，这些活蹦乱跳的字，在她眼里，全部变成了与马达在一起的往事。而另一边是白衣富豪男友的婚约，又在撕裂着她。她的心都要碎了。

【镜头十七：水包皮老澡堂】

"哎，我说曹大，跟你说件事儿。"林会长与曹大对饮。

"什么事儿？来，来，喝酒。这段时间在医院里待得太久，都忘记这一口了。"曹大喝了口酒，指着瓶子说，"还是咱们家乡的酒好，喝了带劲，舒坦。"

"我这摊子，跑不开。马达那儿有几天没去了，怎么样，他好些了吗？"林会长说。

"重症监护。难说。马达有父母照看，东哥东嫂也抽空帮着他们照应。"曹大闷头喝酒。

"好了，别难受。来，我问你，咱们这次参加全马的赞助，是不是都是洪海拉来的？"林会长问。

"洪海是干部，手上权力也不小。找他办事的人可真不少，咱们不能埋汰他，给他下套儿。那赞助是我一个发小找到我，说是我们在厦门救了人，本身就具有宣传效应，如果这次在咱们泰州跑下全马，拿了冠军，媒体肯定还要继续宣传，所以呢，他们从曝光率中找到商机，决定对我们进行大力赞助。"曹大啜口酒，"我一小老百姓，工作二十多年了，除了干社区，还是干社区，没权没势，图的是个身体健康，生活自由。咱跟洪海就是投缘，不玩心眼，不搞心术，就是一个字，跑。"

会长说："那是，那是，这赞助的人啊，还是冲着你曹大来的。如果我们这次跑失败了，怎么办？人家不是赔了夫人又折兵？而且，我看这次那途狼队的丫头们来势汹汹啊。"

曹大豪放一笑，抹抹嘴巴："咱们鹿鹿跑团必胜。"

"必胜？我看，不见得吧。"林会长说。

"我说你今天是怎么啦？会长，你是咱们的老大哥，现在马达的状况很闹心，洪海和其他几个兄弟一下班就奔到那里帮着照料。你这话的意思我不太明白，可不能再动摇军心，长别人威风啊。"

"是啊，是啊。"会长低头不动声色地抿酒，心里头闪过那间书斋，那张墨梅，还有那个白衫男人悬腕画画的手。

【镜头十八：水包皮老澡堂】

"你真是个臭棋篓子。你说你学了多久了，就没点长进。"才进澡堂门，就听得东哥的大嗓门。老井听了直乐，这两人，拌嘴吵架大半辈子了，仍然是马不离鞍，鞍不离马。

"将。"果不其然，林会长与东哥凑一块下棋。老井进来，笑眯眯地看。"东哥，你看人家，井五段可不是浪得虚名。观棋不语真君子。"林会长头也不抬，瞅着面前的棋盘，"自个儿倒茶，上好的茉莉花茶。"

老井依言自己泡了壶茶，拿个小马扎，坐边上观棋。里头是澡堂。布帘子一掀，就有股混合味儿从里面散发出来，热气腾腾的人的气息。

"我说井五段，你得教教你那兄弟，唉。"东哥眼瞅着棋盘，头也不抬。

"我那兄弟，没事儿，您老别担心，这小子心善着呢。"老井安慰道。

"这小子脾气火爆，一点就着，我就担心说不准哪天说跑就跑，那我和他妈不得急死，我三十好几才生下他这么个宝贝疙瘩。"

"没事儿，斗嘴归斗嘴，有我看着他呢。"老井安慰。

"我说老井，你年纪虽然比小野小些，但比他老成，你一定要管着他。"趁东哥说话的间隙，林会长偷偷吃了个子儿，东哥一把摁住他的手，"捉贼捉赃，捉奸拿双。好，罚你请客，免浴资。"

"行，行，行。"林会长乐呵呵道。

老井问："洪海呢，怎么不声不响啊？"

林会长神色一变，支支吾吾道："有些天没动静了，看上去是因为马达的病，实际上一帮子都跟洪海拧着呢。"

"那事儿肯定弄不成。"东哥说。

"咋了？人家马达打北京回来，早就说过了，心脏救援公益组织挺好的，北上广这样的组织多得很，关键是要有用心的人来做。"老井说。

东哥若有所思。

林会长佯装没听见，白衫人已经把他约去谈了几次，说的也只有一件事——破坏鹿鹿跑团所有的计划，让这个跑团彻底消失。他也曾经试探着问白衫人，而那人却轻描淡写道："没什么，就是玩玩，逗逗乐儿。任何一项运动，有人从中可以得到乐趣，而有的人却只能从中品尝恶果。我的目的很简单，你们鹿鹿跑团散了，我就心安了。"

"我们那里头，谁得罪你了？"林会长试探道。

"你们这里面，谁最开心，我就对谁不爽。"白衫人无厘头道。

【镜头十九：泰来面粉厂】

一帮小混混封锁了老厂大门。里面的健身俱乐部里，林会长、东哥他们几个各自做着拉伸，不见洪海，气氛凝重而压抑。小野气呼呼地把器械往地上一扔，众人抬头望着他，林会长过来拍拍他的肩膀，表示安慰。

远远地听到门外的叫嚣声，以及摔打撞击铁门的声音。

"干啥啊，干啥啊！"小野跑出来，扯着嗓门叫喊道，"这是健身俱乐部，不是你们撒野的地儿。"

"什么干啥啊，欠账还钱，知道不？"为首的光头叼着香烟。

"谁欠你钱啦？有没有王法啊，你们？"小野说。

那光头凑到他身边，围着小野转了几圈，然后，用手勾着他的运动服说："知道你这身皮哪来的吗？"

小野一把甩开他的手："干啥？猪爪子往哪乱蹭啊？"

"你骂谁猪啊？几十万的赞助，你们说不玩就不玩了？"光头恼羞成怒，手一挥，"给我打。"

小喽啰一哄而上，抄起家伙就砸。

里面锻炼的几个人闻讯出来，加入混战。老井的眼镜给打飞了，他跟一个小混混在地上扭成一团。小野与光头彼此拳脚交加。东哥被一个小混混抱住，动弹不得。眼见着儿子吃亏，他扯着嗓门对手足无措的林会长比画着打电话："会长，会长，赶紧给曹大打电话啊，你傻了？"

林会长隔着窗户，急得直跳脚，赶紧打电话。

"搞什么呀，还真动手了啊。"派出所那头，曹大对着电话说，他抓上手铐拔脚就跑。

他开着警车，带上一个民警，一路急驰。

泰来面粉厂里，一片混战。

"都给我住手，我是警察。"曹大大喝一声。

那群小混混见状撒腿就跑。

曹大和民警跟着就追，小野、老井和东哥也跟着追。

一场马拉松之战就这样开始了。

小混混们先是群跑，后来作鸟兽散，钻进小巷道。曹大死死地咬着光头，一路奔跑。光头跑得筋疲力尽，最终瘫软在地，倚着墙角说："警官同志，我服了你了，我再也不敢了。"

曹大也呼哧呼哧地喘着粗气，对光头说："知道我是干吗的？"

光头磕头求饶，躲闪着身体，哭丧着脸说："人民警察，人民警察。"

曹大自豪地说："我不但是人民警察，还是马拉松运动员，跟我玩，你小子还得练练。"

"是是是。"光头连连称是。

"老实交代，为啥来砸场子？"曹大训斥着光头。

光头哭丧着脸，一五一十地交代，曹大眉头紧锁。

【镜头二十：某住宅小区，乡镇公路，村口】

洪海沿着乡村公路奔跑。他想，在路人和过路车辆里的人眼里，自己就是个疯子吧。这段时间，他总有一种逃离的冲动，没人驱赶他，但他的心里一直有个声音在驱赶自己，必须努力向前奔跑，只有向前，唯有向前，他才能保持平衡，否则似乎就要脱离轨道飞出去。

临出门，他才跟妻子说要回老家去，跑回去。

陈医生说："是哦，的确好久没有回乡下看爷爷奶奶了。"而后又温婉地问："真的要跑回家？"

"嗯！"他应道。

陈医生默契地点点头，简单地收拾行李。她知道，每每遇到大事，丈夫最好的排遣方法就是跑步。但这次异乎寻常，他们离上次回乡已近两年，非年非节，而且是跑回乡下，那可是将近七十千米的距离。洪海这段时间似乎一直处于焦虑状态，每次跑完，他才能真正放松下来。

终于开跑了。

当城市一步步地被甩到身后，越接近乡下，思绪越往前涌，洪海仿佛看到二十多年前自己背着粮袋从乡下跑进县城中学上学的场景。

童年的洪海，背着书包，跑向村里的小学……

少年的洪海，背着大米，跑向中学……

青年的洪海，背着儿子，跑向幼儿园……

走向中年的洪海，为了项目拓展，不辞辛劳地跑在异乡……

往事一幕一幕地闪到面前，额头滴下的汗，让眼睛模糊起来，好似雨水打到车窗上。贫困而荒凉的农村，瘦弱而青涩的少年，求学的刻苦与改变现状的迫切，职场的艰辛，鹿鹿跑团的相聚、奋进、拼搏，直到眼下马达癌症扩散，跑团不欢而散。

（这些都在不断闪回，重复洪海的画外音：当渐入中年，琐事渐渐增多，眼见着自己的小肚腩油脂不断往上堆，脚步也变得迟缓，这才发现，人生基本上是在一个既定的轨道上被动地行走，直到有一天，幡然醒悟，要想杜绝油腻不堪，必须从改变自己且忠诚于自己的运动开始，那就是跑步。）

到达村口，全身上下都已湿透的洪海，一下子扑到大树上，他的眼泪夺眶而出。他埋头拥抱着这棵树，安静且死死地抱着，像是拥抱自己的母亲。这棵糙皮的老树，斑驳而苍老，那树皮像是母亲的手，每一条沟壑里，都写满了岁月的沧桑。似乎所有莫名其妙的委屈，一下子都找到了宣泄的缺口。

天暗下来时，洪海回到家里，应声开门出来的母亲惊喜地看到他，说："唉呀，我娃回来了，也不提前吱一声。"

洪海笑着，再一次静静地拥抱了自己的母亲。

【镜头二十一：摇滚酒吧】

灯红酒绿，人影摇晃中。

俊俊和两个女孩一起喝着清酒。

小野上台，唱起《这里是泰州》。

熟悉的歌曲，俊俊带着醉意笑道："这不就是那天斗跑的小子吗？来来来。"她打个手势，给服务生附耳。

小野唱完，一个女子突然跳上台，给他一个拥抱，并且在他脸上印上一记吻，台下响起口哨声和哄笑声。

小野惊诧地发现，偷吻的竟然是冤家瑜伽姐。

与俊俊同行的另外两个女孩跟他说："就把她交给你了。"

小野看着半醉的姑娘，手也不是，脚也不是，那两个女孩嬉笑着离开。

酒吧的杂乱,是乱中的静。屋顶上悬挂着青春的枝蔓,似乎什么颜色都可以泼洒在上面。还有歌手和贝斯手的默契。

拼凑的吧桌,色子,蜡烛,茶只是孤独,有酒才会共鸣。

小野的歌一直响在俊俊的耳畔。

拜拜,呵呵,泰马赛上见。带刺的玫瑰,她暗暗含笑。镜头不断闪回前些日子斗跑的情形。

瑜伽……

古乐……

棋服街舞……

似醉非醉,半梦半醒间,只听见小野飘忽不定的歌声:

(音乐响起:《像你这样的女孩》)

  像你这样的女孩,有点天真,又傻得可爱

  像你这样的女孩,是别人眼里的玫瑰,扎进我心怀的刺

  靠你太近,怕你的刺伤我的身

  离你太远,你的芬芳,却又在分我的神

  哦哦,像你这样的女孩

  哦哦,像你这样的女孩

【镜头二十二:天德湖跑道】

小野和俊俊的身影一跑进人们的视野,流言便散布开来。

洪海扶着一位中年人,看他摸索着向前的样子,应该是个盲人。

老井在洪海身边跑着,指着小野骂道:"叛徒。"

洪海小心翼翼地纠正着盲人的动作,轻声说:"别这样。人家国外还有夫妻两个是不同党派,白天是竞选的死对头,晚上回家照常钻一个被窝。"

"我就看不惯他那叛徒蒲志高的样儿。"老井仍愤怒。

途狼跑团的姑娘们看到俊俊和小野,乐不可支地大笑起来。

老井气愤地"啊啊"狂叫。

途狼的姑娘挑衅地叫道:"树倒猢狲散,不堪一击。"

老井要跳过去揍那丫头,洪海一把拉住。

对方不依不饶:"喂,井五段小哥哥,你们鹿鹿跑团趁早散了,都加入我们途狼吧。胜利必将属于我们,哈哈哈。"

俊俊朝她们打个手势,她们迅速跳跃着奔跑起来。

"会长呢,有一阵子没看到他啦。"洪海问道。

"鹿鹿跑团,难道就这样说散就散了?"老井沮丧地猛击自己的头。而后,他的脚步明显慢了下来。

"不会的,你一定要相信我。"洪海知道他的心情很不好,两个人带着那个盲人沿着河道慢跑。

"唉,说到这个就没劲儿。你说我是不是个贱骨头,没个组织管着,好像骨头也散了架子。没准像我这样的高才生,也许我爸妈是对的,我还是要回去好好复习,考进机关,当个公务员什么的。"老井自言自语,若有所思。

"不是还有信仰吗?信仰这东西虽然看不见摸不着,但却是已经融进骨髓,与血液一起流淌的东西。我们的信仰如果是这样的不堪一击,那就不是真正的信仰。"

老井的情绪稍稍平静。

"人啊,总是急功近利,昨晚在医院,马达还说,回乡这么一段时间,与我们一起生活,与我们一起跑步,途中的风景与哲思永远胜过到达终点的喜悦。每次看到悦动圈的生成线路,你看看,自由地奔跑,看上去无序,但是时间久了,回过头来看,这种貌似无序实际上组合成了一个新的秩序,构成了一个新的风景。"

老井迷茫地看着前方。

洪海拍拍他的肩膀,带着盲人,握着拳,引导他继续向前慢跑。

老井的眼睛模糊起来。

【镜头二十三：北京，某胡同】

年轻女子身着风衣，在胡同里慢行，到后来，她的脚步不由得轻快起来。从小城寄出的第四封信在她的脑海里不时浮现。

（画外音响起：马达的声音。）

亲爱的：

见信如晤。真是难以置信，不知不觉，我来到这个城市已经一年多了。记得去年来时，这里的桃花开得正烂漫。前些天走到桃园，看那万朵桃花盛开，我忍不住摘下一朵带回来，夹在信里连同这里的春天一起捎给你。

二月春归风雨天，碧桃花下感流年。

残红尚有三千树，不及初开一朵鲜。

怎么样？这是清代袁枚的《题桃树》。这一朵给你，也算是真正应了景了。

关于我的身体，你大可不必担心。我发现，在这里，过着普通人的有规律的生活，反而使我变得积极起来。如此想来，有了约束，才珍惜自由。患了疾病，才晓得健康的宝贵。生命如果不复存在，所有的存在都是虚无。

我在跑步中得到的启示，你可能永远不会明白。因为，你本是个生性懒惰的人。我的本性如果是一只鹿，我觉得你更像一只懒猫。这个比方，你细细品来，应该是很美的。我近来很喜爱鹿，可能是因为这座城市有一只全球唯一的雄性麋鹿骨骼，很神奇吧。前天，我走进博物馆，看到它的一刹那，真是要萌化了。估计，你来了，看到也会对它一见钟情的。

不管怎么说，你再不爱动，我还是劝你要多走走。只要迈开双腿，放松身心就可以了。只要下定决心，你就能做到，并且会一直走下去，时间长了，你会为自己感到骄傲的。因为，到那时，你会发现一个不一样的自己。

【镜头二十四：盲人协会】

下午，洪海请邻居老王带着他，到盲人协会为社区的盲人讲解跑步要领。他的邻居老王摸索着为他做配套动作分解。

屋内，开始人不少。接着，大家的兴致降了下来。

"培训这个有什么用，我们根本看不见路。"一个盲人用力敲着拐杖，发出沉闷的声响。"喂，我说，老王，你做的动作是啥样，我们又看不见。"

其他的盲人附和道："是啊，洪主任，听说你是个好心人。但是让我们放开拐杖去跑步，这不是天方夜谭吗？"

"洪主任，你说北京的盲人都在跑步，是在骗我们这些没眼珠的吧？"

洪海的邻居清清嗓子，用拐杖敲黑板，示意大家安静。可是，盲人们根本不听，两手摸索着，你碰我，我碰你，乱成一团。不少人嘴里骂骂咧咧起来。

"把我们忽悠来，真是吃饱了撑的。"

"有这闲工夫，还不如带我们去听段戏呢。"

"走了走了，哎哟，踩了我的脚了。"

盲人们跌跌撞撞地拄着拐杖离去，那拐杖拄在地面上的击打声，使得屋内更加空荡荡的。

洪海看着他们卑微又冷漠的身影，脸上的肌肉都在痛苦地痉挛。

邻居老王远远地拄着拐杖立在那儿，眼神空洞，他期盼地侧耳倾听，对着洪海所站的位置，似乎连洪海在心里翻滚的叹息都能听见。

他摸索着朝洪海走过去，说："走吧，我陪你，咱们继续去跑。"

【镜头二十五：马达家，画室】

这天，马达走了。

癌细胞扩散。

接到小野的电话，洪海拿起衣服夺门而出。

马达回乡养病的时间虽然不长，尽管他们过去也不相识，但是在跑步的过程中，他和马达结下的友谊是特殊而珍贵的。

到达马达家，小野在帮着料理，马达的父母都已年迈，沉痛的打击让两位老人已无法起身招呼。

洪海很快拨打其他几个人的电话。

短短的时间内，大家都放下手上的工作，朝马达家奔来。

他们彼此很庄重地紧紧地握手，对着马达的遗体，站成一排，一齐向遗体鞠躬。面对突如其来的死亡，他们什么都没说，只是沉默变成了默契，在生命面前，什么都不重要。

这天晚上，林会长来到了白衫人那里，一五一十地把跑友们准备重新拉起队伍的情况做了汇报。

白衫人听闻马达的死，顿时僵住了，手中的画笔突然跌落到宣纸上，印成一大摊墨迹。

"死了？"他喃喃自语。

林会长不解地望着他，当他看着白衫人怔怔的眼神，才突然明白，这个人锁定的目标其实是马达。果然不出所料，幸好他没跟洪海捅破，要不然，多年的感情就彻底完了。奇怪的是他为什么不直接去找马达，而是要绕这么大一个圈子。

他谦卑地回答道："马达死了，是癌症，昨天夜里死的。"

白衫人把手按在他的肩头，轻轻地拍了拍。

【镜头二十六：水包皮老澡堂，浴池】

重聚首，纵有千言万语，都没有人再提当初的分手。

赤条条钻进浴池里。

偌大的浴池，由木板隔开，形成不同的区间。这是间小包间，热气腾腾，把人都给淹没了。

洪海、林会长、曹大、老井、小野泡在浴池里。

一具男性人体模特模型在他们面前漂着。

"我们根本就不懂专业，你这样做，根本就是标新立异。"林会长的声音突然抬高了八度。

大家一齐看着洪海，只见他扒拉着塑料模特仔细端详。

"志愿服务,老外称义工,在国外处处可见。"老井说,"AHA急救证书,是美国心脏协会颁发的。人家马达都说了,北上广这一方面的志愿服务比较成熟。在泰州这么小的城市,做第一个吃螃蟹的人,确实是需要勇气的。"

"你这是支持,还是反对?"曹大说,一把推开那具塑料模特。

"我觉得值得一试。不谈义举,从完善马拉松赛事保障结构上来说,这个项目也是非常必要的。"老井慢条斯理地说。洪海仰着头,闭着眼睛,似睡非睡。

"喂,我说井五段,你这话不对。我们平头老百姓,与大城市的不同,啥名利我不图,啥结构我也不懂,我就讲究个实在。如果处理不当,就会造成生命危险。到那时,我们的善举会被人们耻笑,甚至,弄不好会坐牢。"林会长激动地说,"我是会长,我也是咱们这群人里的老大,我不能任你们胡来。"

"现在碰瓷的那么多,五花八门。没瞅见吗,我这奖牌咋来的?"曹大从脖颈里掏出,跟大家晃晃,"那碰瓷的小子手段有多恶劣,你都难以想象。要不是我是个马拉松选手,就凭现在的这松弛劲儿,要追上,难啦。"

老井说:"你这故事,讲得越来越神了。"

"牛皮不是吹的。"曹大得意扬扬地说。

"这年头,遇上事儿,跑都来不及,你啥脑袋啊,进水啦,兄弟?不是我说你,你这么做,有没有想过领导咋想?你洪海是想出名还是咋的?工作压力那么大,没事找事。"林会长不住地数落洪海,"还有,万一摊上个碰瓷的,赖上你,看你怎么说得清,你家里怎么看,几万几万地往外掏钱,这钱,真金白银,不是天上掉下来的,也不是兄弟你贪污来的,是你一个项目一个项目跑来的。别折腾了,听哥一句劝,咱们跑团跑了这么多年,好不容易把个品牌做起来了,这是上千人的荣誉啊,千万不能毁在咱们手里。"林会长苦口婆心。

"还有前段时间那些个品牌代理商,跟我们都有协议。他们之所以愿意投钱在我们跑团,不就是因为我们跑团已经跑出影响力了吗?这次,如果我们不跑了,我们可是要赔钱的。契约精神总得有吧?"小野说,"哎哟,我说,洪海，咋玩咱们也要把这次玩完啊，不然，咱们的信誉与品牌就全砸了。"

"上次砸场子的案子还没结呢。"曹大搓着背说。

"我怎么老觉得有人在背后捣蛋，在操纵着这些呢。"老井说。

林会长心里有数，他仍然不动声色地眯着眼在池子里泡着。

洪海仍然一声不吭，透过热腾腾的浴池，他坚定地目视远方，突然把头一下子闷进池子里。众人面面相觑。林会长长叹一声，摇摇头，往下一滑，从头到身子也埋进池子里。

"都怎么了？"曹大对着那塑料模特猛击一掌，与小野相继把头闷进去。

【镜头二十七：围棋工作室】

生命如此脆弱，马达的离世和盲人的反对，更加坚定了洪海的决心。

赞助商砸场子一案要了结，退钱给赞助商成了摆在鹿鹿跑团面前的一件大事。洪海与妻子合计好了，这事儿毕竟因他改变主意而起，所以他已准备将手头的积蓄拿出来把这事儿迅速处理掉。

从派出所出来，他一身轻松。曹大从后面赶上来，给他一记老拳。

"太荒唐了。洪海，你这样是陷全体跑友于不义。"他气呼呼地拿着调解协议说。

"这事儿，就这么定了。我说兄弟，你可别声张。"洪海平静地说。

"不行，这样我们鹿鹿跑团才真完了。你上车，跟我走。"曹大把他拖进车内，疾驰而去。

到了围棋工作室，老井身边已经聚了不少人。

"干吗呢？这是要搞事儿的节奏啊。"洪海故作轻松。

"洪海，你是咱们的主心骨，我们这支队伍走到今天不容易。这是我和小野妈的一些积蓄，拿来支持大家伙儿。"东哥掏出一个包，打开是一摞钞票。

"算我一份，我这围棋工作室还行。"老井也掏出一个包说。

"得了，给。"曹大从袜子里拿出一卷钞票，"大丈夫私房钱。"

洪海看着大家，眼睛有些湿润，把钱全部推回。

曹大一脸受伤的表情："咋了？一不贪污，二不受贿。就兴你做好事？这当下的人啊，过的都是碎片化的生活，根本无法专注于某一件事情，只有大家伙儿一起跑步才能让我感到快乐。我发现，特别是当我从一个案件奔波到另外一个案件，跑步就像是两点之间连上的那条线，让我总是充满斗志，无往不胜。"

众人"哦"的一声，发出坏笑。

"所以说，鹿鹿跑团不能散。咱们有信心有能力把那破事儿解决掉。"曹大继续热情洋溢地说。

"对对，曹大说得对。洪海哥，你定下来的事儿，我们都支持。群里面的跑友们都知道了，大家都在纷纷捐款呢，别担心，赞助商那些破事儿，小菜一碟。"老井说。

"与赞助商的约定，我负责解决。请大家相信我。"洪海说。

"一个运动员全身装备少说也要几百块，这千把人的队伍，不得大几十万。我说洪海，你不会准备把家里的钱都垫上吧，可不能这样玩。你老母亲还在乡下，身体也不好，孩子上学也需要钱。"东哥说。

洪海拱拱手说："你们先收起来，有困难我会请大家援手的。"

众人争执不已。曹大说："这次，我做一回主，当一回会计，钱都由我来保管。井五段，你在群里吆喝下，让大家伙儿都到我这儿来登记。"

【镜头二十八：街舞工作室，瑜伽工作室，凤城河夜景，画室】

（音乐响起：欢快的乐曲）

小野夜里在酒吧忘情地演奏，白天带领街舞工作室的成员在排练。

途狼跑团的姑娘们正在瑜伽室进行强化训练，积极备战。

凤城河边，跑步的，打太极拳的，河边吼嗓子的，星星点点的夜钓的人，缓缓而行的画舫，桃园水榭演出昆曲《桃花扇》片段，梅园水榭演出京剧《贵妃醉酒》片段，留芳茶社水榭演出泰州古乐《傍妆台》群体表演。

（昆曲的高贵，京剧的华美，泰州古乐的壮丽激越，音乐风格不断转换，最终定格在由众乐师齐奏的古乐声里。)

画室内，对着门在作画的白衫人，听了汇报，倒是很诧异。

"这洪海分明在搞鬼。如果鹿鹿跑团退出，那我们的计划不就要泡汤了吗？"光头说。

白衫人仍埋头作画。

"难道，是他猜到了什么？还是那个会长没把我们的意图弄清楚？"光头试探着问。

"这个洪海，有意思。"白衫人把画举起，沉吟半晌，说，"如此看来，我们的计划倒是要调整了。"

"老板，您的意思是……"助理问，"要不我再安排人去揍他一顿。"

"算了吧，你长点智慧。除了打打杀杀，你就不能做点有文化有内涵的事儿？上次的案子，公安那头衔接好了吗？"白衫人问。

"好了，好了，您看，这是调解协议。"光头掏出协议给白衫人。

"废物，如果像一加一等于二这么简单，我这企业就白做了。"白衫人看完协议后怒了，一把将协议扔到地上。

光头诚惶诚恐地将协议捡起来。

"要不，我再去趟公安局，把这协议作废？"光头小心翼翼道。

"就照这协议办，让这家赞助商迅速跟他们了结。重新安排赞助商，加大力度，支持鹿鹿跑团。"

光头的眼珠子瞪得恨不得要掉下来。

他不解地望着老板。

白衫人说："赌跑者的心思，你永远不懂的。不懂就不要努力去装懂，照办就是。"

光头怎么知道老板的心思？白衫人知道，横亘在他和未婚妻之间的障碍——马达，已经不复存在。马达的死，让他措手不及。他原以为，毁灭性地打击马达，并不是让他肉体死亡，而是摧毁他的意志，让他彻底崩溃，变成一个废物，从而彻底断了她的念想，让她能定下心来投入自己的怀抱。然而，事与愿违，马达竟然死了，就像人生突然踩了个急刹车，而他设下的局还在运转当中。眼下，她还不知道马达的死讯，一旦她知道了，她一定会不顾一切地来到这里，帮助鹿鹿跑团完成马达在世时未能完成的事业。要让她从对马达的思念中走出来，唯一的办法，就是调整方向，让她对自己由排斥转为感激，如果现在不能完全占有她的思想与灵魂，那就从占有她的肉体开始，让时间来稀释一切吧。他冷静下来，重新拿起画笔。

【镜头二十九：泰来面粉厂】

鹿鹿跑团以洪海为首的成员们正在紧张地不停练习。

洪海对着塑料人专注地给一旁的人做着示范。

曹大勤奋地记着笔记。

老井认真地练习按压、测量。

酒吧里，一曲戛然而止，小野翻看手机，有俊俊向他发出的约会信号，有老井发来的洪海和其他跑友的练习视频。小野迟疑了一下，飞快地回复俊俊：再联系。加了一个抱拳的表情。而后，他撒腿跑向泰来面粉厂。

镜头闪回，俊俊表情恼怒，而后，她率领途狼跑团的姑娘们继续拼命地练习。

网红臭干作坊，一群年轻人蹲在店门口吃着。东哥一边炸臭干，一边捶后腰，不住唠叨。东嫂乐呵呵道："憋什么气呀，想跑就跑呗。你看人家林会长，当初叫得最响、跳得最高的是他，现在转弯儿转得最快的也是他。洪海那孩子，实诚，我就相信他。再说了，学点技能，技不压身啊，万一啥时候遇上情况，你这网红大叔一出手就更不一样了。"

东哥挠挠头，憨厚一笑："我就没想明白嘛，现在想明白了，觉得怪不好意思的。"

"老头子，别看你卖了一辈子的臭干，你那臭脾气，就是那臭干，方方正正的，即使放油锅里炸，也不会拐弯。你们爷儿俩真是一个德行。"东嫂说，"去吧，去吧，别憋闷坏了。"

东哥乐呵呵道："好嘞,这新出锅的臭干,我得带点去给他们尝尝。"

清晨,在路上,一群盲人在老王的带领下,一个个放下拐杖,开始学习跑步,他们羞赧的笑容,使得陈旧的街道也如此温情美好。

【镜头三十:瑜伽馆,凤城河栈道】

连发一百条微信,小野始终处于屏蔽状态,俊俊的自尊心受到了严重伤害。

(音乐响起:《像你这样的女孩》)

像你这样的女孩,有点天真,又傻得可爱

像你这样的女孩,是别人眼里的玫瑰,扎进我心怀的刺

靠你太近,怕你的刺伤我的身

离你太远,你的芬芳,却又在分我的神

哦哦,像你这样的女孩

哦哦,像你这样的女孩

她的心里满是那个人的身影,抱着吉他弹唱的身影,嬉皮笑脸地奔跑的身影,被偷吻时错愕的表情。

"目中无人的家伙,俊俊姐,咱冲过去跟那小子理论理论。"俊俊的闺蜜骂道。

俊俊的一张俏脸挂上了霜,她冷冷地开着跑车,去酒吧连续去了好几个晚上,天天坐到打烊,也没见人影。年轻的服务生小心翼翼地说道:"俊俊姐,小野请假已经好长一段时间了。"

"去哪儿了?"她冷冷地问。

"姐,这我就不知道了。"服务生说,"好像说是搞什么救援去了。"

"救援?"她将信将疑。那服务生假装捂着心脏,点点头。

她开车到街舞工作室。那里冷冷清清。"暂停营业,请自主练习",一个小木牌挂在门上。俊俊恼火地把牌子重重反扣在门上。

老街巷口的网红臭干店,胖胖的东嫂看到俊俊进来,热情地打着招呼。

"网红大叔呢，我要吃他炸的。"

"大叔啊，搞救援去了。"东嫂笑道，"哎哟，这姑娘，多俊俏啊，来一串儿。"

俊俊摇摇头，东张西望。东嫂笑道："你找啥呢？"

俊俊指着墙壁上的照片，脸色一变："这小子的照片怎么会在你店里？难道大婶也是摇滚迷？"

东嫂乐呵呵地说："是我儿子，他爱搞这个。"

俊俊羞涩道："哎哟，您是他妈？"她落荒而逃。

东嫂笑呵呵的，突然想起了什么，她扬手叫道："哎，哎，姑娘，姑娘。"

俊俊一溜烟已逃离巷口。

"你小子居然玩失踪。"她在微信上留言，气急败坏。

而后，复制一千遍。

（镜头闪过，心脏救援现场考试中，小野的手机在口袋里震动，他紧张地注视着救援对象的生理反应。）

仍然毫无音讯。俊俊的脸明显憔悴下来，她坐在河边的栈道上，晃着腿，对着河水发呆。鹿鹿跑团真的散伙了吗？那么坚强有力的团队，说散就散，可能吗？反正她不信。

突然，俊俊的手机响了起来，馆里的姑娘惊呼道："俊俊姐，出事了，赶紧回来。"

她一阵急驰，一下子开到瑜伽馆门口。

身着各式服装的人一下子围住她："俊老板，本次泰马，我们已经预测你们途狼跑团志在必得，我们公司愿意提供服装赞助。"

"我们赞助跑鞋。"

"我们赞助保险。"

"我们赞助矿泉水。"

品牌代理商们争先恐后地要求赞助。

途狼跑团的姑娘们被惊呆了，她们怎么也没想到，一场马拉松会这么轻松地赢得赞助与支持。闺蜜惊喜地笑着抱着俊俊道:"太激动了,我们开瑜伽馆这么多年,也没得到这么多支持。"她双手合十,念念有词。

俊俊说:"念啥呢?"

"我在感谢上帝,幸亏鹿鹿跑团解散了,要不然我们途狼哪里能出头。"俊俊横了她一眼,那丫头吐吐舌头跑了。

途狼跑团的丫头要出手了。

【镜头三十一:北京,某写字楼】

第五封信只有几个字,在一袋红豆中分外刺眼,红豆中还有一个U盘。

"来与不来,泰州等你。马达。"

读信人永远不会知道,这是老井依照马达的遗言按时寄出的。

(镜头闪回重症监护室)

马达弥留,回光返照之际,身边只有小野和老井,他俩面色凝重,围着马达,小野不住地抽泣。

马达虚弱地对老井说:"这个U盘里,是关于鹿鹿跑团的故事。这是我为咱们这座城市做的最后一件事,你们把信寄给她,不要告诉她我要死了。我爱她,我爱这座城市,我更爱你们。"说罢,他将目光留恋地从兄弟们的脸上扫过,慢慢地,撒手而去。

众人失声痛哭。

【镜头三十二:凤城河风景区】

秋季泰州全程马拉松已进入临战状态。

一群人潜伏回来,悄悄地熟悉赛道,并且分析预案。也许一次赛事根本不会发生什么险情,可是万一发生,情况将无法预料。

微信圈,刷屏的是这样的一句暗号:跑,抑或助跑,赛道上总有你的位置。

鹿鹿跑团的不少跑友也在悄悄加盟。

东哥、小野与老井的脸上重新燃起神圣的光辉。

曹大担任整个救援组织的会计。这份全新的工作对他来说,是个莫大的挑战。他用在这事儿上的细致程度,不亚于在协调解决一件社区老百姓的矛盾纠纷。

这些钱都是跑友上次处理赞助商事件多捐出来的,曹大建了个专门账户。洪海交代,每笔钱都要用在刀刃上,采购救援必备器材、药品必须精打细算,逐笔核对。

曹大指着账户上出现的一组数字突然惊叫道:"天啊,井五段,快来看,是不是我老眼昏花了?"

老井把眼镜推推,死死地盯着手机上的数字,用手指一个一个地数着:"个、十、百、千、万、十万、百万、千万。疯了,是一千万。"

"千真万确,不是手机病毒?"曹大疑惑地问。

"千真万确,是一千万。"老井连连点头。

"是什么人这么慷慨大方?"曹大对着这笔巨款不由得疑窦丛生。

再往下看,没有署名,只有往来账号。

"来历不明,什么机构在做这等善事?"老井说。

"查地址,天啊,是北京。"曹大激动地说。

"不管怎么说,一定是我们的善举感动了上苍,这笔钱应该是天使资金,好了,我们的应急救援车辆就不用愁了,鹿鹿跑团华丽转身,瞬间变成专业救援队。"老井幸福地吻着手机大屏,与曹大相拥而泣。

镜头拉向北京寓所。女主播正对着镜头直播,突然收到一条短信,定睛一看,原来是白衣富商发过来的转账截图。

【镜头三十三:凤城河风景区,马拉松赛道】

飞机降落,动车进站,邮轮入港。

世界各地的马拉松爱好者,身着色彩缤纷的运动服装,正搭乘各种交通工具进入泰州。

整个城市是花的海洋、热气球的海洋、音乐的海洋。马拉松产业带动了全民狂欢，把一座城市的人文基因通过一项运动全部调动起来。

马达的女友，著名网络主播正站在望海楼前，手持话筒：

"这里，曾经是马可·波罗笔下的'城不大，但尘世的幸福极多'的一座小城。"

"这里，拥有全球唯一一架雄性麋鹿的骨骼。比这麋鹿骨骼更为珍贵的是，这里集中闪烁着人性的光辉。"

"在路人倒地无人问津的当下，有一个叫作鹿鹿跑团的社会组织，在突发事件面前，正践行社会担当。这种社会担当，彰显了我们中华民族源远流长的美德与善行。他们的行为，使得人类在社会进步中将人性之美还原和升华为最宝贵的品质。"

"这种大爱的接力就像长跑，永远没有尽头，让我们的内心充满了力量。因为矛盾，生命才充满新奇与激情。我们难道不能认为，这正是当下社会所缺失的集体信仰吗？

"他们以这座城市的吉祥物麋鹿命名，正好暗合了麋鹿的吉祥与高贵、敏捷与灵动。"

"这座城市，真的有一万种理由，让你不得不来。"

然后，荧屏上一个字一个字地出现偌大的字样："你好，中国好人！"

洪海泪流满面，他的眼泪是因喜悦而流，更因为姗姗来迟的理解而流！

看到网络直播的俊俊，这时才恍然大悟。

热烈的宣传场景，冷静而克制的急救演练。

厦门全马赛程的热烈与急救事件后的平静，彼此交叉重叠，最终聚焦到鹿鹿跑团身上。

彩旗、锣鼓、热气球，各类商业展陈，传统的文艺演出与助力全马的广场音乐会，辅助跑道上穿着旱冰鞋的志愿者，一片欢乐的海洋、健康的海洋。

彩旗猎猎，全国各地的路跑运动团队把整个城市渲染得健康、时尚、热烈。

全副装备的途狼跑团英姿飒爽地出现在跑道上。市民啦啦队手持塑料花束不停地欢呼："途狼必胜，途狼必胜。"

当洪海和伙伴们一齐出现在赛道上，身后跟着一群盲人队伍，他们勇敢而灿烂地笑着。

全场响起了热烈而持久的欢呼声：

鹿鹿跑团，中国好人。

鹿鹿跑团，中国好人。

鹿鹿跑团，中国好人。

声浪一浪高过一浪。

身穿橘红色急救服的俊俊突然出现在小野面前，小野惊愕，而后与她热烈拥吻。

"砰"，一声枪响，万人全程马拉松开跑。

（音乐响起：摇滚《只有奔跑，才能到达终点》）

  如果想跑

  你就迈开腿

  拥抱太阳

  迎风而上

  享受自由与运动的滋味

  风景在身边

  经常被我们忽略

  跑着跑着

  路人笑称

  那奔跑的人本身就是一道风景

  左脚向前

  右脚向前

没有规定
路在脚下
只要撒开腿，人生都会到达终点

奔跑从来都不是少年的权利
自由从来都不是囚徒的追求
如果快跑是竞技，那慢跑就是生活
撒腿跑吧，撒腿跑吧
在冬天你也会拥抱春天

只有奔跑，你才能到达终点
只有奔跑，你才能到达终点